蛍の夜

速水一帆

Kazuho Hayami

文芸社

目次

藤田の生い立ち

藤田の父、誠一は明治四十二年、知多半島先端の豊浜の地に、半農半漁で貧しい家の長男坊として生まれた。生来遊び好きだったが、商才は小さい頃からあり、

「親父は酒浸りで蔵を失ったから、俺が取り戻す」

が口癖で、資産を築き上げることに人生をかけていった。

昭和七年になると、国策によって満州国（現・中国東北地方）が建国された。ときに誠一、二十五歳であった。貧農の小倅から成り上がる絶好の機会を得たと、若くして青雲の志を抱いて満州に渡り、雑貨を主として商売をした。満州貿易が盛んで、銀行にも信用ができ、時流に乗って一躍大金持ちになった。時局は日本が満州事変を経た頃であった。

誠一が一緒になった二つ違いのかつ子は、長野の貧農の七人兄弟の三女に生まれた。幼い頃に死別した父は、享年四十五歳であった。真面目で働き者のかつ子は、小さかった妹

弟たちのために、よく母親、ひろの手伝いをした。ランプの油代がお米より高かった時代のこと、風呂に薪をくべながら蛍を集めては、その明かりで本を読んだものだった。

そんなかつ子の親孝行な生活態度と勉強好きが、村で評判となっていった。村には教育者がいなかったため、奨学金でかつ子を教師にしようと、村を挙げて資金を集めた。おかげでかつ子は、大正時代の才色兼備な娘に育っていった。

教師になったかつ子は、パン屋を営んでいた伯母の紹介で誠一と見合いをして一緒になった。どちらかといえば、誠一の方が望んだ結婚であった。しかし、女道楽だった誠一は羽振りもよかったため、結婚式を済ませると他の女のところへ出かけ、三日間帰らなかった。かつ子が問い詰めたとき、誠一は逆上のあまり、かつ子が娘時代から愛用していた鏡台を頭めがけて振り下ろし、粉々にしたのである。かつ子はそのとき、怪我をした自分の頭をかばいながら、「この結婚は、失敗であった」と悟った。今でいう、ドメスティック・バイオレンスであった。

誠一とかつ子の間には、二男二女が授けられた。長男の光一は、日独伊三国同盟が結ばれた昭和十五年に生まれた。日米が交戦中であった昭和十七年、長女が誕生した。四月十八日にはアメリカ軍による東京初空襲があり、六月五日のミッドウェー海戦で大敗に喫し文芸社の本をお買い求めいただき誠にありがとうございます。
この愛読者カードは今後の小社出版の企画およびイベント等の資料として役立たせていただきます。

本書についてのご意見、ご感想をお聞かせください。

① 内容について

② カバー、タイトルについて

今後、とりあげてほしいテーマを掲げてください。

最近読んでおもしろかった本と、その理由をお聞かせください。

ご自分の研究成果やお考えを出版してみたいというお気持ちはありますか。

ある　　ない　　内容・テーマ（　　　　　　　　　　　　　　）

「ある」場合、小社から出版のご案内を希望されますか。

する　　しない

ご協力ありがとうございました。

〈ブックサービスのご案内〉

小社書籍の直接販売を料金着払いの宅急便サービスにて承っております。ご購入希望がございましたら下の欄に書名と冊数をお書きの上ご返送ください。　（送料１回210円）

ご注文書名	冊数	ご注文書名	冊数
	冊		冊
	冊		冊

郵便はがき

恐縮ですが
切手を貼っ
てお出しく
ださい

160-0022

東京都新宿区
新宿1－10－1
（株）文芸社
ご愛読者カード係行

書　名			
お買上 書店名	都道 府県　　市区 郡　　書店		
ふりがな お名前		大正 昭和 平成　年生　歳	
ふりがな ご住所	□□□-□□□□	性別 男・女	
お電話 番　号	（書籍ご注文の際に必要です）	ご職業	

お買い求めの動機
1. 書店店頭で見て　2. 小社の目録を見て　3. 人にすすめられて
4. 新聞広告、雑誌記事、書評を見て（新聞、雑誌名　　　）

上の質問に1.と答えられた方の直接的な動機
1. タイトル　2. 著者　3. 目次　4. カバーデザイン　5. 帯　6. その他（　　　）

ご購読新聞　　新聞	ご購読雑誌

た。昭和十九年には次女が誕生した。七月にサイパンが陥落し、占領した米軍はB29爆撃機による日本本土の空襲を本格化させ、九十八市が被害を受けた。四大工業地帯は、焼け野原の廃墟となっていったのである。

次女が生まれてまもなく、大都市に対する無差別爆撃が始まった。神戸にいた誠一の家族は、長野のかつ子の実家に疎開した。既に軍曹として中国大陸に出征していた誠一の弟の嫁と、その三男一女の家族までもが押し寄せた。無論、誠一の母、とめにしてみれば、迷惑になることは百も承知であったが、親として戦時中の留守家族を放っておけなかったのも事実である。

片肺を患っていた誠一は、なかなか徴兵検査に合格しなかった。しかし、昭和二十年四月に日本の敗色が濃厚になると、誠一のように少し病気がちな人たちまでもが召集された。

とめは、かつ子の母親であるひろに対し、

「嫁の実家では、こんなまずい物しか食べさせられないのか」

と文句をもらした。当時は軍に供出米を渡さねばならず、農家といえども白米を食することは稀であった。ひろは、食糧難にもかかわらず文句を言われることに、不満を募らせていた。しかし、娘のかつ子を思うがゆえに、嫁姑の確執を持たせてはならないと歯を食いしばり、自分の家族の分を減らしてまで、神戸から来ていた大家族に尽くしていた。

ひろにしてみれば、とめの田舎である知多半島に疎開しなかったこと、婿の弟の家族まで養っていることが、不満であった。

戦時中でも八十キロ以上も体重のある大柄なとめの、煙管《きせる》タバコを燻らせながら働かない横柄な態度に腹を据えかねたのか、ひろはある日、そっとかつ子を呼んで、怒りをぶつけた。

「私の目の黒いうちは、二度と神戸の衆を連れてきてくれるな」

その頃、かつ子は藤田を身ごもっていた。生来我慢強い人であったから、腹が大きくなっても、野良仕事に精を出していた。そんなかつ子の姿を見るひろは、悲しみと同時に怒りがわいていたに違いなかった。

四月に応召となった誠一は、九州にあった防空隊編入となり、主に滑走路の修繕の任務についた。既に日本の敗色は濃くなり、銃はスコップに代えられていた。

昭和二十年八月、長崎に原爆が投下される直前、長崎にいた誠一の中隊は原隊復帰の命令を受けたが、肝心な原隊がどこにいるかわからなかった。それぞれ地元の漁師と交渉して漁船を雇い入れ、原隊を捜した。誠一は、原爆投下前に移動できたことを、

「戦友も自分を命の恩人だと言ってくれている」

と誇らしげに吹聴した。そして復員後は、「九死に一生を得た」が口癖となった。

日本が平和を取り戻した戦後の昭和二十一年一月、藤田は神戸の仮住まいに生まれた。

疎開先から帰ったかつ子を待っていたのは、とめの醜悪なる企みであった。長野での貧しい生活の復讐とばかりに、誠一がお気に入りの芸者を家に引き入れるのに加勢し、かつ子を追い出したのである。家を出されたかつ子は悲嘆のあまり、生まれてまもない藤田を背負って運河に身を投げ、無理心中しようとした。姉かつ子から危機的状況を知らされた同じ神戸に住む妹が、慌てて運河橋へ駆けつけた。そして、背中で乳飲み子の藤田がにっこり微笑んでいるのを見た。

「姉さん、この子笑っているよ。早まっちゃいけない。こんなにかわいい子を、道連れにしてはいけない」

妹は、かつ子を羽交い締めにして止めたのである。既に、飛び込もうとして袂に石をたくさん詰めていたかつ子は、妹の必死な説得と藤田の笑顔に、泣く泣く思いとどまったのであった。その後の一時期、かつ子と子供たちは、誠一の近所で別れて暮らしていた。

昭和二十五年六月に朝鮮戦争が始まり、特需景気によって日本が経済復興の足がかりをつかんだ。女に逃げられた誠一ととめの詫びもあり、かつ子と子供たちは家へ戻った。そして、かつ子は駅の近くで料理屋を営み、女将となった。

昭和二十六年九月、サンフランシスコ平和条約が結ばれると戦後復興も徐々に進み、世の中が落ち着いていった。商売は順調に進んでいたので、周りの土地をどんどん買い上げた。藤田の家の財は、いわばそういった形で形成されていったのだった。

周りから勧められるままに、財を元に自由党の結党に参画し、こうして誠一は政界へ転身した。当時は進歩党や民主党などが勢力を伸ばしていたので、自由党議員は少なかった。それゆえ、議員たちは余計に自負心が強かった。

戦前からの官選知事で人気の高かった川田知事は、かつ子と同郷の長野の出身であった。川田は、小さい頃からかつ子の評判を聞いていたので親交が深くなり、既に市会議員になっていた誠一の応援にしばしば訪れた。誠一の成功には、そういった評判のよいかつ子の内助の功が大きかった。

幼かった藤田は、誠一への畏敬の念とその拝金主義の生き方に対する嫌悪感が入り混じった、複雑な心境にあった。

藤田は小さい頃、肋膜を患った。かつ子は藤田の背骨にたまる水を抜くため、占領軍から闇でペニシリンを一本三千円で買い求めていた。かつ子は、激しい痛みのために嫌がる藤田を背負い、買い物籠にお札をいっぱいつめて、かかりつけの医院へ駆け込んだものだった。そのことを、誠一は青年期の藤田に、

「高い治療費で、おまえはひと財産、食いつぶした」

と言い続けた。自分が望んでなった病気でもないのに、と藤田は誠一の言動を疎ましく思っていた。病弱だった藤田は、少年期から青年期にかけて誠一に反抗的になっていった。

そんな藤田に、かつ子はいつも優しかった。

「父さんは、口根性が悪いから我慢するのだよ。男は怒ったら負けだよ。私も随分、ひどいことを言われてきたよ」

小柄だったかつ子にとって、少年とはいえ藤田を背負っての医院通いは大変であった。そのような母親の恩愛のおかげで、藤田はグレずにすんだ。

藤田の少年時代の思い出といえば、誠一が、

「映画に連れていってやる」

と、当時の繁華街へ車で連れ出したときのこと。ちょうど子供の日であったので、藤田は親子で映画を見るものと思い込んでいた。ところが映画館が近づくと、

「映画を見て帰れ」

と言って誠一は藤田に小遣いを渡し、何処かへ消えてしまったのだ。のちに知らされることになるのだが、藤田には腹違いの弟がいた。そのときも誠一は愛人宅へ向かったのである。一緒に遊んでくれると期待していた藤田には、虚無感だけが残された。このことは藤田にとって、父子二人だけの、一生に一度の苦い思い出となった。

昭和三十四年、東海地方を襲った伊勢湾台風の後、とめは長患いをした。喉に痰が絡み、呼吸するのも苦しいという病気であった。かかりつけの医者は毎日きていたのだが、とめは相変わらずの横柄な態度をとり、

「ヤブ医者だからどうしようもない」

と、毒づいていた。

ある晩、とめが孫の中で一番かわいがっていた藤田を枕元に呼び、

「こんなに苦しいのなら、もう医者でも治せまい」

と、こぼした。そして藤田に言った。

「おい、そこにある紐で首を絞めてくれ。その前になぁ、布団の下に入れてあった、知多の弟が見舞いにきたときおいていった十万円札がないのだ。きっと、かつ子が盗んだに違

いない。取り戻してきてくれ」

それを聞いた藤田は、

「おばあちゃん、十万円札ってのはないんだよ。それとな、そんなふうにいつまでも嫁をいじめているから、苦しむんだよ。首を絞めろって、俺を殺人者にする気かい？　それよりもおばあちゃん、楽にあの世へ行きたかったら、今まで自分のしてきた悪事をお袋に詫びな。そうすりゃあ、きっと観音様が迎えにきてくれるよ。ただし、本気で詫びるんだぞ」

と、とめをなだめた。とめは、弱って消え入るような声で言った。

「本当か、本当だよね。おまえは嘘をつかない子だからな」

とめもおかしなもので、嫁のかつ子があれほど憎かったのに、孫の中で藤田を一番溺愛した。三カ月にもわたる闘病生活に疲れ果てたせいもあり、さすがのとめも、孫の言うことを聞かざるを得なくなっていた。とめは言った。

「わがまま言って、我を張って、がんぱちこねて生きるは易い。だが、これほど寂しく孤独なことはない。それとな、浮世は何も心配することはない。物事はこだわるな。降ってはわき、降ってはわき、シャボン玉みたいにはじけてな、引っ付いたかと思っては離れていく、それが娑婆というもんだ。人の世の付き合いは儚い。あの世までは、借金だって持っていかずにすむ。くよくよするな」

その頃のとめは、人生の哲学者になっていた。

「それにしてもなぁ、なぜ誠一は、末っ子のおまえをかわいがらないのだろう？　男の子、二人っきりなのに」

とめは、不思議に思っていた。

かつ子が、涙ながらに藤田に語ったところによれば、数日後、あのとめが布団の上に正座して、ぜいぜいさせながら両手をついてかつ子にこう言った。

「長い間、嘘をついておまえを困らせた。本当に許しておくれ。こんな姑に、よく仕えてくれた」

「何を改まって、お義母さん。体がしんどいんだから、早く横になって」

かつ子は藤田に、このとめとのやり取りを説明した。それを聞いた藤田は直感した。

（ああ、おばあちゃんにはもうすぐお迎えが来るなぁ）

自分がとめに「詫びろ」と言った話は、かつ子には話さなかった。

それから三日後の、正午のことであった。

「おばあちゃんが変だよ」

孫の一人が甲高い声で叫んだ。全員で布団の周りに集まったとき、とめが壁にもたれるように首をうなだれて、眠るがごとく他界した。

「そういえば、あの伊勢湾台風のときのばあさんを思い出すなあ。雨風がどんどん激しくなって避難命令が出て、近くの小学校に避難するとき、重い人だからやっとのことで雨ガッパと長靴をはかせたはいいんだけど、玄関の土間に座り込んで、『わしゃー、日清、日露の戦争も知ってんだ。アメリカとの戦いだってこうして生き延びた。行かなきゃ行かんでえぇ。そのときはここで死ぬ。わしゃー、こっから一歩もどかん』って言ってな。おかげで皆も避難できなくなっちゃってさぁ。あれが明治の土性骨っていうのかねえ。頑固というか……」

葬式の晩、孫たちの語り合いが続いた。藤田、思春期の忘れえぬ出来事であった。

いつの頃からか、父は家に帰らなくなっていた。その父が珍しく帰宅したある日、小柄なかつ子を殴り、蹴りつけている場面に遭遇した藤田は、かつ子を守るために誠一につかみかかったのである。

「母ちゃんに、二度とこんなことをしたら俺が承知しない」

藤田はそう言って、母親の前に立ちはだかった。いつも強気な誠一が、珍しく目を丸くした。藤田の気迫に押されたのか、その後二度とかつ子に手を上げることはなかった。

父親の、そんな家庭人らしからぬ姿に嫌悪感を抱いていた藤田は、『理由なき反抗』のジェームス・ディーンと自分とを重ね合わせていた。

男尊女卑の日本の社会風土が合わなかったのか、藤田は高校を卒業した年の秋に、アメリカの大学へ留学した。無論、異国のアメリカには、身よりも頼りもなかった。ベトナム戦争も激しさを増し、大学内のあちこちに黒い喪章が見られ、反戦運動が高まっていた時代のことである。藤田はキャンパスで、アメリカ人の友に言われたことがある。

「なぜ、反共のため、アジアのために、白人の俺たちが戦っているのに、日本人は何もしないんだ。なぜ、アジア人のおまえたちが戦わないんだ！」

侮蔑ともつかない言葉であった。藤田が知り合った日本人留学生の中には、アメリカ市民権がほしいために、志願してベトナム戦に参戦した者もいた。藤田は友に尋ねたことがあった。

「そんなにまでして、市民権がほしいのか。祖国は日本のはずじゃないのか」

ベトナム戦争後、傷痍軍人となった和歌山県出身の彼は、ベトナムでの悲惨な戦場のことについてはあまり多くを語ろうとせず、その後リトル東京の安酒場を転々として、酒とマリファナにおぼれていった。

政治家、藤田

昭和四十三年六月五日、ロバート・ケネディ司法長官がロサンゼルスのアンバサダーホテルで暗殺された。近くで偶然その事件にでくわした藤田は、世界的なニュースを伝えようと自宅に国際電話をかけた。その折、誠一は藤田の政治的才能を認めたのか、アメリカに残るつもりでいた藤田に、

「長男の光一よりもおまえの方が政治家としてのセンスがある。早く日本へ帰って、俺の後を継いでくれ。俺はもう引退したい」

と言って、引退後を任せる腹積もりで無理矢理帰国を促した。大学を卒業後、ずっと父の秘書として事務所を手伝っていた光一にとっては、面白くなかった。藤田は、

(ひとつくらいは親父の言うことを聞いてやるか)

と、渋々帰国した。

その後、藤田は誠一の紹介もあり、代議士の秘書として仕え、政治家としての素質を伸ばしていった。

藤田が二十六歳のとき、父の勧めた縁談がまとまった。

誠一は藤田に言った。

「光一夫婦には、これ以上生活の面倒は見切れない、と言ってある。本人たちも生きる道を模索するだろう。新婦旅行後は、一緒に暮らそう」

特にかつ子は、それを切望していた。外で働いたことのない光一にとって、それは辛い宣告であったろう。

藤田は、誠一から光一夫婦に対する不満を聞かされていたので、新婚旅行から帰ると、

「後援会の方針が変わった。兄ちゃんに後を取らせる」

と、突然言われたことに愕然とした。

(俺は最初から市会義員を目指してはいなかったんだ。ひとつくらい、親父の言うことを聞いてやろうと思っただけだ……。何でこうなるんだ)

藤田にしてみれば、光一夫婦の子守代わりに使われていた年老いたかつ子を見るたび、何とかこの状況を変えなければ、と父の思いを受け入れていた。

藤田にも、誠一に対して自分の信用を失墜させる過去があった。というのは、有名中学校に進学する折、体を悪くして点数が取れず、補欠入学していたのだ。高等学校のときも、友達のカンニング事件の責任を取って、東京への転校を余儀なくされていた。その頃から、誠一の藤田に対する全幅の信頼をなくしていたのも事実であった。

「兄弟げんかはしたくない」

藤田はあてもなく、新婚、無一文で実家を出たのである。ちょうどこのとき、結婚祝いを持ってきた井上に、

「どうするの、これから」

と心配そうに訊かれ、

「娘のためにと思ってつくった家があるから、そこに身を置いて、しばらくゆっくり考えたらどうだ。家賃は安くしておくから」

と勧めてもらった。井上は、藤田の幼稚園時代の同級生の親であった。

相変わらず見栄っ張りの誠一は、藤田の結婚当時、嫁の実家に、

「何も用意しなくていいから」

と断言していたため、藤田夫婦に家財道具は一切なかった。嫁は口癖のように、

「あなたのお父さんは嘘を言った！　後を継いで、一緒に暮らすと言ったのに！」

そう言って藤田を責めた。

転居先は神戸市近郊の住宅地であったため、生計の足しにナスとピーマンを植えることにした。こうして藤田の新たな人生は、箸一本からスタートしたのだ。しかし、農業知識もないうえ、にわかの晴耕雨読の生活ゆえに、ナスはキュウリのようになり、ピーマンは唐辛子のごとく、食してはみたが食べられた物ではなかった。その貧しかった折、二人を訪ねてきた離婚したばかりの長姉が、二人を見るに見かねたのか、

「うな丼でも食べようか」

と、独特の優しい口調で言った。姉は、弟のプライドを傷つけまいと、自ら受話器を持って出前を頼んだ。やがて配達されたうな丼の蓋を開けて、姉は言った。

「さあ食べようよ」

そのとき、藤田の両目から、丼めがけて大粒の涙が溢れ落ちた。それを見た姉が、

「あんた！」

と言ったきり絶句したのは、藤田の苦労が偲ばれ、思わずもらい泣きをしていたためであった。藤田は、

（食べることに苦労をしたことのない俺が、父子、兄弟の相克のため、今こうして人生の極限に立たされている。これ以上、落ちることはない）

という、人間としての尊厳をずたずたにされた心境であった。無論、アメリカ留学のときも、父親から、

「勝手におまえが行くのだから、何もしない。自分でやれ。獅子は我が子を千尋の谷に突き落とし、這い上がってくるものだけを育てる」

と、ロサンゼルス行き片道切符だけを渡され、仕送りもなしに突き放されていたのだった。一ドル三百六十円の時代のことである。藤田の分と思って取っておいた学費は、腹違いの弟と光一夫婦に費消されていた。藤田は当時、大学と生活を懸命に両立させていたので、今回も這い上がっていく自信があった。

家財道具もない、藤田夫婦の様子を哀れんだ井上は、チャンネルの壊れた白黒テレビを持ってきて、

「ペンチで回せば、まだ使える」

そう言って、置いていった。井上は、訪ねてくるたび訝しげに、

「何で家財道具がないの？」

「そんなに冷たいお父さんではなかったはずだが」

と、首をかしげていた。藤田を含めた誠一を知る人々は、隠蔽された出来事に翻弄され、この状況を理解できないでいた。相変わらず見栄っ張りな誠一は、立派な結婚式を出させてやったと吹聴していたが、実は結婚式も藤田の預貯金を取り上げてのことだった。

(さて、これからどうする)

藤田は考えあぐねていた。妻のお腹には、既に新しい生命が宿っていたのだった。父親になる自分はどうやって養っていけばよいかと、途方に暮れていた。そして、なぜ新婚旅行後に後援会の方針が変更になったと急に言い出されたのかと、狐につままれたようだった気持ちを思い返した。


やがて、藤田は決心した。

(よし。正義を貫いて、自分で自己証明してやる。社会に認めてもらえるよう、戦うしかない。親父が市会議員なら、自分は県会議員になって見返してやる!)

二十七歳のとき、藤田は初めて若き政治家として、真剣な挑戦者になった。下馬評では絶対に勝てないといわれていたが、素人の青年候補であった藤田のポスターは、地域の評判となった。

「政治家の信条としては、常に民衆と共にあるべきだ。民衆に愛される政治家でなければならない。ゆえに、自分の力を試したい」

自分の力を試せる機会を得たことに、藤田は内心、喜びを感じていた。実際、藤田は誠一の強い要請があったため、渋々後を継ぐことを了承していたので、

「これで堂々と戦える」

と、新たな闘志を燃やした。藤田が無謀といわれる戦いに挑んだのには、理由があった。多くの常識ある人々は、

「そんな勝算の立たない戦いはやめておけ。誰が応援してくれる。サラリーマンにでもなって、人生の安泰を考えろ」

と、藤田をいさめた。しかし、藤田の心中に去来したものは、勝算が立たないからこそ自分の価値が明確に出る、というものだった。

（本当に民衆は自分を支持してくれるのか?）

そんな迷いもないではなかったが、とにかく前に進むしかなかった。藤田は元来世襲に反対であり、前に進まなかったら白旗を掲げて誠一の下に戻るか、光一の下で逆に選挙の

手伝いをするしかなく、それは敗北と思えてならなかった。無謀な戦い、そう言われるたびに、逆に闘志を燃やし続けたのである。親と妥協して生きる生き方を、全く考えなかったのではない。誠一はかねがね藤田に対して、

「おまえは、こちらに行けば楽な道があるというのに、いつも茨の道を行く。損なやつだ」

そうもらしていた。藤田の性格は、親が理解できないくらい火中の栗を拾い、敢えて無謀な行動を取る、というものだった。それが藤田の人生観だった。長いものには巻かれろ、と言われても、断じて受け付けなかった。

「自分の正義と信念が通らないなら、そんな人生、やめた方がいい」

そんなとめの明治の士性骨が、生き写しになっていたのかもしれない。困った人を見ると親身になりすぎるという人の好さが、逆にあだになることもしばしばであった。しかし、そういう藤田の生き様を支持する人が増えてくると、その勢いは燎原の火のようにますます拡がっていった。藤田の応援に過熱になった人々は日本人特有の判官贔屓も働き、その戦いを頼朝・光一と義経・藤田になぞらえた。ある人は弁慶となり、またある女性は静御前となり、藤田の戦いは奇策に満ちていた。

（徒手空拳の俺がこの戦いに勝つためには、ありとあらゆる兵法を用いなければ、活路は

ない）

藤田は、戦略と戦術を歴史書から学び取った。

選挙は予想以上に厳しい戦いであった。しかし、若さと情熱を訴え、藤田は逆転勝利した。わずか四百票差で、ついに薄氷の勝利を果たしたのだ。地盤、看板、資金のない、今でいう落下傘候補の青年が、持ち前の明るさで地域の人々の心をつかんだのである。

昭和五十年四月、藤田は最年少議員として、県政界に参画した。多くの若者たちが、「あの藤田にできるならば」と、この後の選挙の新人候補として、出馬するきっかけとなった。

藤田を応援した若者たちの中に、成人式を迎えたばかりの青木がいた。青木の故郷は、清水次郎長伝に兄弟分として登場する、任侠で有名な吉良仁吉が勢力を張った三河であった。青木は、荒神山にたった一人、徒手空拳で正義のために戦いを挑んだ、最も尊敬する仁吉を、藤田に重ね合わせていた。藤田の戦いは、まさに仁吉そのものだったからだ。

正義を求めて戦い続けていた藤田にとっても、青木は最も信頼に足る、筋を通す若者であった。この頃の青木に関するエピソードがある。青木の友人が、名古屋でスナックを経営していた。そこへ、土地のヤクザが場所代として「金を払え」、とやってきては困らせていた。青木は藤田に相談した後、そのヤクザの親分の下へ単身乗り込んだのである。藤田は、正義を貫くために戦う青木の骨を拾うつもりでいた。青木の帰りがあまりに遅いので、藤田が、

「いよいよ事務所に乗り込むか」

と家を出ようとしたとき、細い目を丸くした青木が飄々と帰ってきた。

「無事だったか」

藤田は言った。

「いやー、おかげさまで向こうの親分もよく理解してくれて、自分の度胸をほめてくれたんです」

青木はそう答えた。合わせて、親分が藤田の父である誠一にお世話になったことがあるということで、別の話が進んでいた。

「おかげさまで、店の件もおさまりました。これで友人も一生懸命働ける、と喜んでいました」

藤田はそのとき、青木の友人を思う気持ちと、年下ではあったが見上げた根性に共感を持った。

青木のような純粋な若者たちが、藤田の周りには多くいた。藤田が街宣車で回っていたとき、遠くの方で人がたたずんでいるのが見えたので、必死になって頭を下げると、周りの人間が、

「あれは人形です」

と言った。藤田は、犬の人形にまで頭を下げていたのである。また、ある集会場での出来事である。

「三遍回ってワンといったら推薦してやる」

そう言われ、藤田はためらうことなく満座でやってのけたのである。ときには心中涙することもあったが、原動力になったのは、誠一に対する怒りであった。党の公認はなかなか得られず、一進一退の戦いだったので、後々、伝説の戦いと囁かれるようになった。

藤田が最年少の県会議員として登庁したときは、晴れがましかった。満面の笑みを浮かべて、胸にシンボルの議員バッチを付けてもらい、万歳の渦と胴上げの中、

（やったぞ！　親父、兄貴、見ろ！）

と、心の中で叫んでいた。

当選直後、大手新聞社の依頼で誠一から兄弟当選の記念写真が撮りたいと、藤田の事務

所に電話がきた。藤田の後援会長は、すかさず受話器を奪い取り、

「写真がほしいなら、そっちから出向くのが礼儀だろ。県会議員と市会議員、どっちが偉いと思ってるんだ。おまえは父親として、藤田に何をしてやった。我々が親代わりになって勝たせたんだろう！」

と聞こえよがしに怒鳴り、叩きつけるように受話器を置いた。

同日開票だった市会議員候補の光一は接戦であったため、藤田より遅く当確が出た。マスコミは、藤田の大逆転の当選を大々的に取り上げた。これが、光一のプライドを大いに傷つけた。


新人議員としての証明を得るため、戸籍謄本が必要とされた登庁日のことである。藤田は、躊躇することなく二男二女と身上調査書に書き記し、戸籍謄本の中身をじっくりと確かめもせず、共に議会事務局に提出した。数日後、議会事務局の次長が、

「先生、内密にご相談があります」

と、真顔で藤田の議員控え室を訪ねてきた。次長は出されたお茶をすすりながら、重い口を開き始めた。

「調査書には確か、先生のお宅はご兄姉含めて四人と提出されましたが、戸籍謄本には他にも、親先生が認知された方がお一人おられまして……」

藤田は持っていた湯飲みを落としかけると、次長に言った。

「もっとはっきりものを言ってくれ」

温厚な藤田には珍しく、気色ばんでいた。

「一度、親先生とお話しください」

次長はそう言い残し、議員控え室を丁重に去っていった。藤田は、全く予期していなかった出来事に動揺と混乱を来たし、有名であった父親の戸籍が盗まれたものだと思い込んだ。そして、区役所の戸籍課長に怒りをぶつけた。しかし、戸籍課長も同様に、

「親先生とお話しください」

の一点張りであった。藤田はやむなく、高なる動悸を抑えながらかつ子に電話をした。

藤田は半ば信じ難い現実を感じながら、一連の出来事を説明した。やがて母親は、電話口の向こうで「うっ」と言ったまま倒れてしまった。藤田は急いで姉に電話をし、一同を実家に集めた。勿論、藤田も実家へ急いだ。藤田は誠一に会うと、開口一番、

「あなたは一番いい当選祝いをくれた。今日ほど恥をかいた日はない。あんたも長いこと

公職者をやってきたんだから、何のことだかわかるだろう」

と責めたてた。万歳以来、新婚旅行からの苦労が走馬灯のようによみがえると怒りに変わり、誠一を睨みつけていた。誠一も、初めてうなだれながら、ポツリポツリと語り始めた。

「おまえの新婚旅行中、奈良の女が子供の認知の件で訪ねてきた。ちょうどその折、光一夫婦が応対してくれて、代わりに認知への段取りを進めてもらったのだ。まあ、そんな弱みがあり、光一も選挙に出たいと言うんで、おまえには悪いと思ったが、光一を後継者にしたんだ」

このとき初めて、藤田は一連の出来事を理解した。

「よくわかったよ。おまえさんたちのやったことが、俺を含めて、どれほど周りの人間に苦しみを与えたか……」

藤田はその瞬間、心の中で、クソッ、とつぶやいた。

「俺たちは日向で育ったからまだいいけど、日陰者に育てられた子の辛さが、あなたにはわかるのか。金で全てを解決できると思うあなたの虚飾の生き方が、俺はたまらなく嫌なんだ。そんなあなたの卑劣な生き方が、俺には耐えられん。俺たちのためだと格好よく言いながら、実は自分の名誉と保身だけではなかったのか。そのために、周りの人間がどれほど苦しむのかも知らず……。認知のことを怒っているんじゃないんだ。そんな大事な話なら、まずお袋に相談するべきではなかったのか。あなたはいつも、俺にお金を使ったといって、世間をごまかしてきたじゃないか」

藤田の声は、怒りに震えていた。父親は頭をたれたまま、無言であった。藤田は今まで、多少なりとも誠一を信頼していた。しかし、誠一の背中を丸めた姿を見たとき、男としての度量の狭さに天を仰いだ。

「あなたは、あれだけ苦しい選挙のときも、一度も応援してはくれなかった。アメリカへ行ったときも、たった一枚の航空券だけだったろう……。これからはもう、全て兄夫婦と相談してくれ。これをもって親子の縁は切らせてもらう」

倒れたままの母親を気遣いながら、藤田はそう言い残して家を出た。それ以来、神戸の実家とは絶縁状態になった。母親には特別な感情があったから、終生かばわなければならないと誓っていた。かつ子もこれを期に、

「不浄なこの家では、私は死ねない」

と、実家のある長野に終の棲家を建てた。誠一はそのときも、

「母ちゃんに、いるから」

と、かつ子の長野への送り迎えを理由に、藤田に新車一台をせがんだ。実際には、光一の選挙事務所の車となっていた。

藤田の、政界における転換期が来た。藤田は、代議士の経験もある戦後の日本を導いた政財界の大物に見初められ、国政への参画を勧められた。しかし、藤田の本質的な性格を見抜いたのか、

「藤田、世の中で一番偉い人は誰だと思う?」

と問い、

「天皇陛下か、総理大臣でしょうか」

と藤田が返事に窮すると、

「名伯楽だ。良い馬を一瞬で見分け、駿馬に育て上げていく。人を育てる事業ほど、時間と金のかかることはない」

と言った。藤田はその日からその大物の名代になり、県政の方は弁当屋を営んでいた後援会の青年部長に、後顧の憂いなく託した。

「藤田よ、おまえの唯一の財産は、その土性骨だ。誰にも負けないその根性を生かして、世の中の役に立て。人として立派になりたければ、帝王学を学び、王道を歩け」

そう言って、各方面の著名なる人々を、藤田に紹介した。そこから、藤田は真剣に帝王学を学んだのである。

「義理と人情、礼と節、この四カ条を忘れるな。それからな、頭はずっと下げていろ。頭を下げていれば、怨嗟の弾は頭上を通り抜ける。俺の教えを請うているとわかれば、皆がおまえの足をひっぱる」

親の思いで語るので、藤田にしてみれば、初めて本当の父親の慈愛に触れたような気がした。

あるとき、誠一に著名な人たちとのやり取りを聞かせると、小ばかにしたような態度で、

「おまえの話は、雲の上の出来事ばかりでさっぱりわからん」

と、半信半疑であった。

(地方ではあるけれど、長いこと政治生活をしてきたのに、本当は日本社会のことなどわかっていなかったんだ)

そのとき藤田は、誠一の器量の狭さを初めて確認したのである。

藤田の恩師は、常々自分を訪ねてくる客人に対し、

「どんなお客様でも、電車賃と時間を使って遠路はるばるここまで来ている。どんな人でも、お客様は自分を生かしてくれる菩薩様だ」

そう言ってエレベーターまで送り、扉が閉まるまで、相手のベルトの下まで頭を下げていた。その姿に、藤田は大きな感銘を受けた。自分はどうであったか。若さゆえ、不遜な態度の自分であったことを恥じた。自分もこれからは、一生この礼節を貫こう、と心に誓ったのである。


昭和五十八年三月、母は予告通り、山河に囲まれた故郷の長野で、好きだった親戚に看取られて心筋梗塞のために亡くなった。生前、かつ子は藤田に、

「神戸に墓はあるけれど、私の魂は永遠にこの地にあるんだから、長野の私の実家の墓参りを欠かすでないぞ」

と言い残していた。

かつ子の通夜の晩、誠一は罪滅ぼしのつもりであろうか、

「奈良の女が先だって来た。何もしてやらなかった下の子が一番出世して、おまえたちは

来るたび来るたび金を要求する。金、金、言うじゃない、って言ってやった」

と、藤田に語った。

「母さんが死んで、兄ちゃんの選挙資金ができた」

「長野から神戸までの霊柩車代に、五十万円もかかっちゃってなあー」

相変わらずの拝金主義の言い回しが、藤田の怒りに触れた。

(そのために、どれだけ俺が苦労し、傷ついたか)

藤田は、絶対に両親の遺産を受け取るまいと、このとき決意した。

「何だかんだ言って、母ちゃんの文机に入っていた銀行の預金通帳見たら、七百万円もあってなぁ。助かったよ」

藤田は誠一を睨みつけた。そのときである、誠一の弟の嫁が突然、

「義兄さんが義姉さんを殺したんだ。あんなに若いときから苦労させせて、虐め抜いて……。だから義姉さんは、義兄さんを捨てて長野へ行ったんだ。誰だって、あんなに浮気で苦労させられたら、あの世へ行っちゃうよ」

と、棺の横で誠一を詰《なじ》ったのである。

その頃、光一夫婦は奥の間で香典袋を数えていた。

「あそこは、いくら包んできた?」

そう言って、従兄弟の香典係に確認していたのだ。

藤田はお棺の寝顔に向かって、堪えきれずに涙を噴出させていた。そのとき藤田は、欣喜雀躍として長野の玄関で出迎える、かつ子の顔を思い出した。神戸と長野を行ったり来たりの生活ではあったが、三年目の雪降る冬の晩に、

「お風呂に入りたい」

と、ふと口にしたことがあった。生前、かつ子が好んで入った冷泉のことだった。藤田は、早速ポリタンク十本を用意して、二十キロメートル先の山奥の源泉に冷泉を汲みに行った。

(こんなことで母が喜んでくれるのなら。親孝行ができるのなら)

雪降る寒さも凍りつく山道も、藤田にしてみれば苦ではなかった。母の恩愛に対する、報恩感謝の念でいっぱいだった。翌日、かつ子は親戚を呼んで、

「冷泉に入っていきな、沸かしてあげるから。昨夜遅くに、息子が雪の中を汲んできてくれたんだ」

と言った。かつ子の姉弟を集めて昨夜の出来事を喜んで話していたことを、藤田は思い

出していた。

（お袋も苦労者だったなぁ。本当に純粋な人だった。虐げられた女性を優しく労りなさい、男は怒ってはいかん、怒ったら負けよ、よくそう言って教えてくれたなぁ。来世でも、できることならあなたともう一度、母子になりたい）

藤田は、そう願った。

誠一の不幸は、かつ子の死によってもたらされた。誠一が一人になった途端、あれほど手をかけた光一夫婦が、さも迷惑といわんばかりに手のひらを返したのである。誠一は、一人身の藤田の姉に泣きつき、身を置いてもらうしかなかった。光一夫婦は、誠一と一緒になってからずっと、生活費やら孫の子守まで、年老いたかつ子にさせていたのだった。

「肩が痛い。腰が痛い」

かつ子の苦情に誠一は、

「早く一人立ちしてくれるといいんだが。あいつは、香もたかなきゃ屁もこかん。タバコ屋の親父が似合いなんだが……」

と言っていたものだった。それほど面倒を見た光一夫婦に、手のひらを返されるとは思ってもいなかった。かつ子に対する、誠一の積悪の報いというべきか。誠一の最期は、誰

に看取られることもなく、病室で迎えた孤独な死であった。通夜の折、

「あんなやつらは、いない方がいいんだ」

と、光一は藤田家族を詰っていた。腹いせなのか、絶縁状態の藤田には線香も上げさせなかった。火葬場に居合わせた親戚知人の多くは、光一の薄情な態度に兄弟の確執の苦労を感じ取っていた。

母親が亡くなって数年後に長野の家を訪れたとき、末期がんを患っていた叔父が藤田に言った。

「自分は、手術をしても助からないだろう。遺言のつもりで聞いてくれ……。姉さん、言っていたよ。愛人にかけるお金があるなら、なぜ私の末っ子に何もしてやれなかったのか、って。あんたのことを悔やみながら、親父さんを恨んでいたよ。よそに子供がいるなんて、姉さんは本当に知らなかったんだよ。光一に対しても、父親と結託して裏切るとは、まさか思わなかったとな。あんなに選挙の手伝いもしたのに、って嘆いていたよ。光一を頼って亡くなるまで頭を下げて、後援会の人のところへ回っていたのになあ」

大腸がんを患った体で、心細く藤田に告げていた。かつ子もやはり、夫と光一の裏切りに対し、妻として母として、同じような葛藤と苦悩を抱えていたことが、藤田にとっては

救いになった。

かつ子の弟から聞かされたこの話には、実は後日談があって、神戸でのかつ子の葬儀の終わった初七日に、

「今、帰ったよ」

と、生前と変わらずいつも通りの声をかけ、長野の叔父の家にかつ子が訪ねてきたというのである。

「わしは、姉弟だから何も怖くなかった。姉さんとお茶を飲みながら、囲炉裏端で話をしたんだ。連合いの京子は腰を抜かさんばかりに、障子戸の向こう側で南無阿弥陀仏、南無妙法蓮華経と、声を震わせて必死に唱えていたがな」

さも、その日の出来事が面白かったように、叔父は藤田に伝えた。藤田は、生前母親が言い残していた、「魂はこの故郷の山河にある」を思い出した。叔母の京子にその日の出来事について尋ねると顔面蒼白になり、

「もうその話はしないでおくれ。本当に帰ってきたんだよ。足もあったよ。もう亡くなったんだよ、と義姉さんに言おうとしたんだけど、声にならなくてさぁ」

と、もう二度と口にしてくれるなといわんばかりに、両手を合わせて藤田に言った。

そういえば、藤田にも思い当たる節があった。夢の中で、仏壇の前で手を合わせている叔父に、仏壇から飛び出してきたかつ子が、

「さぁ、行くよ」

と手を差し出して、二人で玄関から出ていったのだ。その瞬間藤田は、

(長野の叔父に何かある)

と、悟ったのである。姉に確かめると、大腸がんの手術直後の時期で、

「何で、あんたわかったの?」

と、訝しげに尋ねられた。そして、

「これが最後になるかもしれないから、見舞いに行った方がいいよ」

と、藤田は勧められたのだった。藤田は、叔父の好物だった旬の松茸を持って、長野へ向かった。叔父の死は、見舞いの二週間後だった。

藤田、かつ子、そして祖母のひろも、三代続いて霊感の強い血族であった。藤田は幼い頃から、夢で予知をすることができた。それをかつ子に告げると、

「そんなことを言うと、他人様は頭のおかしい子だと思うから、言うんじゃない」

と、諭された。藤田には、予知能力があったのだった。ひろも、自分の死を半年も前に

予告していた人である。死に装束と、身の丈にあったお棺を用意して、

「それでは皆さん、さようなら」

と言って、黄泉の彼方に旅立ったのである。藤田、小学校四年のときであった。鮮明に覚えているのは、ひろが達者なとき、形見だからと藤田に数珠つなぎにした五円玉を渡し、

「かつ子には、悪いことをした」

と言ったことである。それは、戦時中の話だった。

「私が、二度と神戸の衆を連れてきてくれるなと言ったとき、かつ子は悲しそうに下を向いてなぁ。あれはあれで苦労してたんだなぁ。自分の娘の苦労も汲んでやれんで、本当に悪いことを言ってしまった。だがなぁ、神戸の衆から、戦後、礼状の一本もなかったんだ。だからおまえもな、神戸の衆を信じちゃあかんぞ。おまえはここ、長野の水で臨月まで育ったんだからな」

その言葉が、終生、藤田の心に焼き付いていた。


平成十四年、晩秋の出来事であった。藤田が大手総合商社の社長室を訪ねたとき、社長が恩師と同じ姿勢で、エレベーターの前で深々と頭を下げて見送ってくれた。

「あれだよ、あの姿勢だよ。久しぶりに見たなあ。あの姿勢が日本人なんだよ。日本再生のためには、ああいう人が必要なんだ。さすがに商社を再生しただけあって、礼節をわきまえている」

藤田は思わず、エレベーターの中で感激の言葉を漏らしていた。見送りの秘書が、微笑みながら頷いていた。日本にも、未だにこういう人が存在していることに勇気付けられたと同時に、今は亡き恩師をそこに見ていた。

美香子との再婚

青木と藤田が十数年ぶりに会ったのは、豊橋の大手銀行勤めをした青木の妹、直子が、友人に借金を重ねていた兄の今後を心配したのがきっかけだった。直子から相談を受けた藤田は青木を任侠の世界から堅気に戻るよう説得するために神戸から出向いていた。説得するまでは帰らないと固く心に決め、東京の青木の事務所近くに滞在していた。

青木兄妹は、温暖な気候と椰子の実の歌で知られる渥美半島先端に育ち、好好爺だった親は電照菊の栽培と造園で二人を育てた。青木は十代の頃家を飛び出し、つてを頼って神戸で生活していた。たまたまアルバイトをしていた店で、藤田と知り合ったのだった。

短い間だったが、藤田のお抱え運転手をしていた。そんな間柄であったので、青木は人生の節目節目に、藤田に何となく相談するようになっていた。藤田も、なついてくる青木を弟のようにかわいがった。

藤田の下から去った後、故郷に近い豊橋で水産会社を興したと聞いて安心していたが、暫くすると会社の手形を騙し取られたなどいろいろあったらしく、その後の連絡は途絶えていた。青木の説明によると、そのとき世話になった人の縁で、任侠の世界に入ったそうだ。人当たりと面倒見がよいので頭角を現し、久しぶりに会ったとき、青木は幹部になっていた。藤田は青木に会う前、組の親分に会っていた。

「足は洗えるかね」

そう尋ねると、初めは厳しい顔をしていた組長も、直子の兄に対する至純の情に打たれたらしく、

「本人次第ですよ」

と答えた。そんな言質を聞いていた藤田は、妹の心配を聞き入れない青木に会いにきたのだった。

「だけど、長いことこの世界で生きていると、兄妹以上の付き合いの人がたくさんできちゃって」

白い物がちらほら目立つようになってきた、角刈りの頭を掻く青木の仕草に何気なく目をやると、左の小指がなくなっていた。青木は勘の鋭い男で、藤田の目に答えるように、

「このおかげで、コップなんかが持ち辛くて不自由です」

と言った。そばかすの目立つ丸い顔で語る口調が、その世界での長さを感じさせた。話が辛くなったのか、青木が言った。

「近くにいい店があるんですよ。ちょっと寄ってみませんか?」

組の事務所から遠くないスナックに、歩いて案内してくれた。青木は下駄を履いていた。その音が、妙に乾いて響いた。洋風の洒落た煉瓦造りのその店は、四階建ての入り口付近に黒と白のモノトーンの『華』という看板が立っていた。ドアを開けると、いきなりカウンターにコスモスの花が咲いていた。『華』のママである美香子は、数ヶ月前に父、茂を亡くしたばかりだった。

「いやあ、ママ。大変だったねえ、ご愁傷様」

青木が美香子に励ますように言うと、

「あら、修ちゃん。いろいろありがとう。修ちゃんにも父が本当にお世話になって……」

と香典をもらっているだけに親しげに愛称で呼びかけた。美香子は商売柄、涙は禁物と身構えているようだった。青木がその筋の人だと知っているせいもあり、親しげに話すわりには、ある程度の距離を置いているのがわかった。

この時、美香子は三十七歳で、のどかな伊豆半島、下田近くの松崎の出であった。父は中国大陸を転戦し、ラバウルが最終地となり終戦で復員した。母は生まれてまもなく、父親の蒸発で生活苦となり、養女に出されていた。小さい頃から養父母に、わがままいっぱい育てられた。そのせいか、戦場から生きて帰った父と一緒になっても、不平ばかり口にしていた。

「好きでもない人と一緒になったから」

美香子によく、そう漏らしていた。美香子と兄が生まれてから、東京で一人運送屋をする父の家計を助けるため、母は働きに出た。最もこれは、自分のストレスを外に向けるためのものであった。母に不倫の子供ができると、諍《いさか》いが絶えなくなった。

小さい頃は、鍵っ子の美香子がカレーライスをつくることになっていた。誰も、美香子の空腹を満たしてはくれなかったのだ。

「そんな自分が惨めで寂しかった」

その頃の母と同じ年齢になろうとしている美香子にとって、それは苦い思い出だった。兄は高校を終える頃、賭事に夢中になりだした。借金が増えるにつれ、父親との諍いも多くなった。

蝉時雨のある日、父と兄の罵倒し合う声が、いきなり居間に響いた。

「親父、ぶっ殺すぞ！」

「殺してみろ！」

小さな前庭の蝉の鳴き声がやんだ。沈黙に続き、階下で聞こえた、

「出て行け！」

の父の一言が、兄を逆上させた。兄は包丁を畳に叩きつけると、

「二度と帰らんからな！」

と叫んで出ていった。こうして、美香子と両親、三人の生活が始まったのだった。

美香子の母は、相変わらず不平不満が多かった。母は、今の美香子と同じ年の頃、生理中であった暑い最中に体調を崩した。しかし、周囲が止めるのも聞かず、働きに出た。そして悪い予感が的中し、脳梗塞で倒れて左半身不随となったのだった。当時、二十代半ばだった美香子の人生は、それ以来完全に狂ってしまった。看病の時間と収入を得るため、美香子は大手商事会社を辞めた。

「手っ取り早く稼ぐ」

それが彼女の口癖となり、水商売の世界に入っていった。内面の寂しさとは裏腹に明るく振る舞っていたため、店でもお客の受けがよかった。やがて、美香子は看板娘となった。

「お金を取らなくちゃ。お金が歩いてくる」

常々、そう店のマスターから教えられ、美香子は急速に天性のモノを発揮しだした。

「母を看るために、手段は選んでいられない」

そういう理不尽な理由をつけて、毎日を過ごしていった。

酔客の相手をしていると、体の中をときどき木枯らしが吹き抜けた。そんな言いようのない生活のせいか、次第に買い物で気を紛らわすようになっていった。ストレスからか、斬新な洋服に憧れた。

ある日、近所付き合いのいいブティックのママに、

「みっちゃん、女と見込んで頼みがあるのよ。あなたも知っての通り、娘は歌手になったけどなかなかレコードが売れなくて……。銀行の融資を受けたいんだけど、保証人がいないのよ。お父さんに頼んでくれない？　お願い」

と頼まれた。美香子は懇願されると弱い性格だった。小さい頃から物事を咀嚼するのが苦手だった美香子にとって、それがどんなに大切なことだったのか、そのときは知る由も

なかった。

父親は、こつこつと運送屋をしながら一戸建てを持った。

「川一本向こうの千葉よりは、仕事がしやすい」

そんな理由から、仕事場を江戸川に決めたのだった。

「仕方ないなあ。それほどおまえが言うのなら」

父はそう言って、ブティックのママの連帯保証人を引き受けてくれた。その好意が自分の人生を再び大きく狂わせるとは、思ってもいなかった。

レコードは、相変わらず売れなかった。ある日、常連客に、

「ちょっと、ちょっと。みっちゃん、知ってる？　あのブティックに人相の悪い男達がいるのよ」

と言われ、美香子にふと、不安がよぎった。

(もしやブティックがつぶれたら、私の家はどうなるの？　とにかく様子を見に行こう)

小走りに角を曲がると、店の前に黒塗りのリムジンが止まっていて、それらしい若い衆がたむろしていた。この手の連中には店で多少慣れていたので、扱い方は知っていた。

「あら、この家の人は？」

「何だ、知らねえのか。夜逃げだよ。よ、に、げ」

男のささくれ立った乾いた声に、頭の中が白くなった。

そして、しばらくすると、差し押さえの令状が父宛に届いた。

「どうしよう、家を取られてしまう」

法律のことは何ひとつわからない環境の中、悪いことに父ががんで入院してしまった。

美香子は、不幸を背負わされる運命を呪った。

ある日、父の知人の久保田が見舞いにやってきて、優しく労りの声をかけてくれた。

「みっちゃん、大変だったなあ」

鋭い光の向こう側に初老の男が立っていた。美香子はしたたかに持ち前の計算をして、

「久保田社長、家を取られそうなんだけど……」

と、まるでひ弱な女を演じた。

「いやあ、噂で聞いて心配はしていたんだけど、本当なんだ?」

父と同郷ということもあり、土建業を営んでいる社長の一言一言に思いやりを感じた。

父の病状は悪化した。薬のせいでほとんどの髪は抜け落ち、別人の形相になっていった。

涎をふくたび、父は娘にすがるように、

「首を絞めてくれ。痛い、苦しい」

とやっと言うのだった。その傍らで、戦友から届けられた花が今を盛りと咲き誇り、無情を知らせていた。やがて、父は死んだ。

「みっちゃん、ひとつ方法があるよ。ゆっくり相談しよう」

父の葬儀でかけられた久保田の優しい言葉で白い祭壇の菊が、いつになくまぶしく見えた。

（家出した兄が戻ってくれたら……）

そんな思いが美香子に浮かんだ。

「誰でもいい、そばにいて力になってほしい」

そのときは、そう願うだけであった。ただ、うろたえるばかりの母親にうんざりし、心で叫び続けた。

「誰か、助けて！」

長い読経が終わると、美香子は吐血した。心身の疲労が極限にまで達していたのだった。

気がつくと、そこには久保田がいた。

「お疲れさんだったなあ」

その頃はもう、久保田は美香子の支えになっていた。そしてこの家はなんとか残った。久保田のおかげで銀行の融資が受けられ、新築の家で葬式が出せた。平成二年、バブル絶頂期の頃だった。身体障害者の母を抱えた美香子がこれからの人生を考えたとき、久保田の存在は大きかった。

「あんたも下で店をやって稼げばいいし、少しでもブティックからお金を返してもらえれば、銀行融資も楽に返せるだろう」

そんな甘い一言に、美香子は久保田を人生の大恩人だと心酔していった。日本中がバブルに酔いしれていた頃、美香子は簡単にマンションのオーナーになった。本来ならば、借金の上に借金を重ねて大変なところなのだが、世の中のバブルのせいで、冷静な判断ができなくなっていた。バブルが人の心を蝕んでいた。

美香子のマンションが完成した後、バブルがはじけた。店も初めは繁盛したが、やがて一人二人と客が減っていった。そんな時代であったので、日雇いの常連は飲み代のつけを払ってはくれなかった。心の中で、再び不安がうごめき始めた。美香子は、店の従業員に対して厳しかったが客には甘かったので、貸し倒れが増えていった。

「払って、ときつく言えば、恐らく店には来なくなる。月々三十万円の手当じゃ、やっていけないのよ」

美香子は、妻子ある人だからとお金で割り切っているつもりでいた久保田に、愚痴るようになっていた。

「一緒になろう。女房も体が悪くなってきたので、そう長くはない。近いうちには一緒に生活できるだろう」

そんな男の甘い言葉に、いつになくあらがう美香子であった。

「そういえば、ブティックから取り返したお金、危ないって言うからあなたに預けたけどどうしたの?」

内に向かっては気丈だが、愛人という立場もあり、なかなか言い出せないでいたのだ。


平成元年十二月の父の葬式から、二カ月ほど店を休業した。再び店を開いた日、青木がお客を連れてきた。

「ママ、いつも言っていた人だよ」

美香子は、店に来るたびに青木が話す、面倒見のよい藤田のことを思い出した。

「今晩は、藤田です」

藤田は涼しげな目をして、丁寧にカウンターに座った。その挨拶の仕方に、美香子は育ちのよさを感じた。青木と藤田は、ふるさとの過ぎた日々を懐かしそうに談笑していた。

「ママ、ビール」

青木の声で、美香子は我に返った。

「そうだ、修ちゃん。今度修ちゃんのところへ寄ってもいいかしら？　相談したいこともあるし。近いうちにね」

美香子には、青木がどういう生活をしているのかがわかっていた。これまでは浅からず深からず、普通の会話で過ごしてきたのだが、連れの藤田の様子に安心したのか、このときは青木に親しみを込めて言った。実は、美香子は青木にではなく、連れの藤田に伝えたかったのだった。一見ではあったが、藤田を信頼できる人だと確信したからだ。最もそれは、いつもの美香子の悪い癖で、女の計算が働いていたのだが。


桜の花も散る頃になると、久保田の会社の経営も思わしくなくなった。

（そろそろ潮時かな）

美香子は、久保田とのことを整理しようとしていた。無理難題、お金のことでわがままな願いを聞き入れてもらっていたから、多少複雑な心境にあった。

「修ちゃん、約束通り来たわよ」

まるで、近所に他の用事でもあったかのように入っていった青木の事務所には、思惑どおり、藤田もいた。

(自然な形でこの人にアプローチするには、水商売で得たテクニックを駆使しよう)

美香子はそう思ったが、話をうまく切り出せなくなっていた。

(一目惚れしたのかな)

初恋の遠い思い出を振り返った。浜名湖の近くで、設計事務所を経営する人だった。美香子が中絶するまで愛した人であったが、母の障害のことが言い出せなくて、自然に遠のいていった。藤田には、自分にない育ちのよさとインテリらしさに惹かれていたのだった。

「修ちゃん、債権戻らない?」

既にその頃美香子には、久保田に対する疑念がわいてきていた。

「そういえば、回収した小切手どうしたのかな?」

美香子はいつも、慎重に考えるのが不得手な性格だった。きちっと説明しない久保田も悪かったが、水商売生活が長くなっていた美香子は何分めんどくさいことが嫌い、うまくいかないと他人のせいにして責任を回避する、という癖が染みついてしまっていたのだ。

そういうわけで、大事な自分のことも、つい依頼心にかまけて聞き出せないでいた。

「ママ、どういうこと？」

青木の問いかけに、美香子はパトロンとの話を次第に熱っぽく語り始めた。勘の鋭い、嗅覚のあるヤクザだった青木が言った。

「ママ、騙されてるよ」

美香子は沈黙した。

「今日は休みだけど、お店で飲み直さない？」

そう言うのが、やっとだった。

（思えば、債権を取りに久保田と一緒に行ったのがまずかったな）

美香子は唇を噛み締めた。回収された小切手を、

「多額だから、預かっておく」

と言った久保田を信頼しきっていた。融資の返済に充ててくれると、勝手に解釈してしまったのだ。美香子は、自分の愚かさに嫌気がさした。額面二千万円の小切手を、なぜあのとき簡単に信じて渡してしまったのか。保証人を頼まれたときと同じ過ちを、犯してし

まった。美香子は言いようのない虚しさを覚えていた。

カウンター越しにうつろな目で酌をしていると、飲めない藤田が励ました。

「人は誰でも過ちを犯す。早く気づいて、どう立ち上がるかが問題だ。愛人生活なんかやめて、まともな道を歩みなさい」

そして青木にも、早く堅気になれ、と諭すのであった。

(そうだ。この人にかけて、助けてもらおう)

聞けば、藤田は離婚をしてまもない、ということであった。

鍵っ子で育った美香子には相談できる相手もなく、どうしても一人よがりな考えが頭を横切ってしまいがちだった。美香子は野放図に振る舞った。


ある日、美香子が久保田に殴られたといって、血相を変えて青木のところへやってきた。初めての計算ではない懇願だった。

「助けて、あの人に殺される!」

美香子の顔は、蒼白だった。

「暫く間をおいた方がいいなあ」

　このときも事務所に居合わせた藤田が答えた。本当は、藤田に助けてもらいたかった。今まで聞こえよがしに青木を通して話をしていたが、念願叶ってやっと聞き届けてくれた。

　翌日、青木の事務所に久保田が来て、

「関係ないことだから、放っておいてほしい。美香子とは親戚なんだから。身内の話に口を挟んでくれるな。俺は、身体障害者の母親に頼まれているんだ。美香子が心配で、こうしてやってきているんだ」

　青木がヤクザであると知りながら親しげに訪れてきたのは、自分も若い頃、浅草の方でテキヤをやっていたからだった。藤田は言った。

「久保田さん、あんたも男として責任をとるなら、正式に嫁にしてやったらどうだ」

　すると久保田は、とんでもないとばかりに、大きく首を振った。藤田は心の内でつぶやいた。

(やっぱりな。こいつも金で世の中をすませようという輩だな)

　まるで、父誠一のおぞましさを見たような気がした。

　美香子は藤田の故郷へ逃げていた。その間、久保田と美香子の家族でやり取りがあったようだった。長い間家出していた兄が、久保田の要請を受けて兄貴面して藤田の実家に乗り込んだ。

「妹の美香子の居所、わかりませんか?」

藤田の姉が応対に出た。

「大人同士だから、何かあれば連絡があるでしょう。私どもには一切関係ありません」

美香子の想像通り、藤田は地方の名士の出であった。美香子は一人、ほくそ笑んでいた。

藤田はかつ子の死後、誠一の身勝手さが影響して、先妻との結婚生活に破綻を来たし、離婚していた。そして、久保田の執拗な攻撃から美香子を助けるため再婚をした。美香子は心の中で、大声で喜びの声をあげていた。内心、こんなにうまくいくとは思っていなかったのである。藤田にしてみれば、

「虐げられた女性を守るのが男の務め」

と、かつ子の遺言で言われていたことと、誠一が女をつくっていたことに対する嫌気からのことだったが、それは同時に美香子の欲望を満たしていたのだ。

(こうなったら、私は逃さない。何が何でも、しがみついてやる)

そんな思いに駆られていた美香子は、やがて身ごもった。それは美香子にとって、人生

の絶頂期だった。

平成四年一月に生まれた恵子は、重度のアレルギー性皮膚炎を発症した。運悪く、出生時首筋が黄色ブドウ状球菌に院内感染していたのだ。まもなく、都内にある病院へ入院したが、美香子には父の看病のときとは比べようのない幸福感があった。何か一種の社交場のような気がして、まともな生活に誇らしさを覚えていた。病室での会話も、重病の子供を持つ親としてのものではなかった。藤田のおかげで、美香子を見る皆の目も変わってきた。


やがて恵子の首筋の皮膚炎は跡形もなく癒えたが、成長と共にアレルギーもひどくなった。東北のひなびた温泉で、長期療養することも多かった。美香子の銀行への返済も、藤田の資力で何とか返していった。美香子は藤田に、

「ブティックの債権がまだ残っている」

と嘘をついていた。藤田が立て替えた分は債権で返すと言いながらも、美香子は段々と自堕落な生活に落ちていった。藤田は几帳面な性格であったから、美香子の無責任な性格と合うはずはなかった。

やがて、美香子に転機が訪れた。

「いつも返すお金があるから大丈夫」

藤田にそう言っていたが、ついに嘘のばれる日がやってきた。マンションの競売通知書が来たのである。

「美香子、お金は返してるはずなのに、なぜこんな書類が来るんだ」

「……」

美香子は答えなかった。銀行に返済すると言いながら、何年もその金を使い込んでいたために、返答できなかったのだ。

(何とかなる。子供もいることだから、今回もまた、藤田が助けてくれる)

美香子は幼い頃から物事を簡単に考える性格だったので、年の割には事の重大さに気づいていなかった。

「子供をどうする」

離婚を決意した、藤田の厳しい声だった。藤田は、娘を片親にはしたくないと、逡巡していた。いつも柔和な藤田が、こんなに悲しげに問いかけているのに、美香子は誠意を見せなかった。暫く無言の後、美香子は言った。

「恵子とは友達だった」

美香子は、逃げ口上で使ういつもの鍵っ子時代に戻っていた。両膝を二の腕で抱え込む姿は、幼い頃のままだった。

「寂しかったの。ずーっと、一人ぼっち。誰も私を気にしてくれなかった」

藤田には、半べその美香子が小学生に見えた。それを聞く傍らの恵子の方が、よっぽど成長した女に見えた。この日を境に、母と娘の立場は逆転した。

「だからといって、それが言い訳にはならないわ。お父さんばかりに借金を押しつけて、昼寝ばかりしてたでしょ」

恵子の口調は、母がきつく娘を諭す、そんなふうだった。美香子には、この場は泣いて同情してもらうしかない、という狡猾な計算があった。針のむしろに立たされた心境になった美香子は、ますます泣きじゃくる振りをして、

「久保田を殺しにいく」

と言うと、台所の流しに歩み寄って十八センチの出刃包丁を握り締めた。

「久保田を殺して私も死ぬんだ」

「やめて――」

篠沢の店のアルバイトであり、恵子の家庭教師でもある加代が叫んだ。中華そば屋の篠沢が加代を伴い、たまたま店の経営の相談に来ていたのだ。まさかこんなときに、と篠沢は思った。

「美香子さん、やめなさい」

篠沢は、美香子の困ったときに見せる常套手段を知らなかったので、真剣に大きな腕で羽交い締めして制止した。

「恵子ちゃんだって悲しむでしょう。何でいつも、こうなるのかなあ」

美香子には情緒不安定のところがあり、昨日ニコニコしていたかと思うと、にわかに叫《わめ》き暴れて恵子に乱暴し、翌日になると、私じゃないと真顔で答えることもあった。

藤田は、恵子の表情から真実が見て取れた。父親の藤田に決断のときが来た。美香子は、鼻白んだ表情を見せた。

「私には、育てられない」

切り出したのは、美香子だった。そしてつぶやいた。

「恵子はあなたが引き取って。私には、育てられない」

（年老いた久保田と銀行の借金から、ただ助かりたくて俺を利用したのか）

藤田はそう悟ったのである。そして恩師の言葉を思い出していた。

「おまえは女運が悪いから、女には気をつけろ」

離婚話で、気力体力共ヘトヘトになったあげく、恵子の春休みに引っ越すことにした。

硝煙のようなとき

加代は、鉄格子のかかった病室に閉じ込められていた。母、君子の顔と怒鳴り声、頬に君子の手のひらの記憶が強くあった。何から諍いが始まったのか、よく思い出せなかった加代は、プレートの上にあるコップの水を飲み記憶をたぐり寄せていた。

居間か留置場のような場所で、君子の唸るような怒鳴り声が交錯していた。寒々とした蛍光灯の明かりがやけに白く、君子の顔をますます蒼白にさせていた。額の皺が数えられるほど浮かび上がり、四十七歳にしては髪の毛に白いモノが目立っていた。

「加代、あなたを殺して私も死ぬ」

台所の蛍光灯の明かりの下で、刃先が一直線に加代の目をとらえていた。

（この人は、私を本当に殺す気だ）

君子の激昂した鋭い目が、どんどんと加代に迫ってきた。

「やめて！」

喉が熱くなるのを感じながら、加代は声を振り絞った。その瞬間、頭と腕に激しい痛みが走った。君子の目に光はない。赤と黒の分厚い物体が、加代に痛みを与えた。

ソファーには、父と姉が座っていた。姉は子猫を見るような目で加代を眺め、父はいつものようにビールの泡で喉を潤していた。

「私の進路とは、関係ないでしょう」

そう怒鳴る加代に、

「何、言ってるの。若い娘がそんなところにいてはいけないの」

と、君子の口調が変わった。

「いいから、家に帰ってこい」

父が口を開いた。姉も、小学校の教師のような口調で、問いかけてきた。

「何で黙ってたの。やましいことがあるからでしょう。何もなければ、言えるでしょう？」

「別に、いちいち言う必要ないでしょう。藤田さんの家の事情なんだから。言う方がおかしいわよ」

「とにかく帰ってこいって」

父はそう繰り返すばかりだった。

「私は自分のやり方で生きたいんだ。口出ししないで！」

「あんたはまだ、大学生なんだよ。親の言うこと聞いて、当たり前でしょう。すねっかじりのくせに」

「お母さんやお姉ちゃんは社会に出たことがないから、そんなことが言えるのよ」

「生意気言うんじゃないよ。あんた、自分の金で生きてるんじゃないんだよ。私が働いてるから、生きてられるのよ」

「家族が一番なんだから、戻ってきな。自分でここから大学へ四年間通うって決めたんでしょ？　言ったことはやりなさいよ」

「お姉ちゃんに言われることない。とにかく、こんな思いやりのない家族はいや」

加代は荷物を抱えてドアに向かったが、皆に取り押さえられた。

「他人に優しい言葉をかけられて、のぼせあがってんじゃないよ。家族だから厳しいことも言うんでしょ」

（こんなの家族じゃない！）

「もう、寝る」

君子はまだ、加代の胸を刺すように見つめていた。

「寝るのはいいけど、明日は必ず皆で藤田さんのマンションへ荷物を取りに行くのよ。わかったわね。父さんも明日は会社、休むのよ。いいわね」

加代は返事をしなかった。囚人のように、一段一段階段を上って部屋に向かいながら、

（あー、あのときから囚人だったのか。いや、女子大のある品川からだ）

と思った。

部屋に入るとすぐ父が布団を敷きにきて、意味のわからない言葉を発した。加代はしばらく呼吸を整えてから、布団に入ってみたが、気持ちはおさまらなかった。

（このままでは包丁がつきささる。私は殺される）

起き上がろうとしたが、気力が起きなかった。家族の異常なまでの縛りつけに、加代は警察を呼ぼうかと携帯を握りしめた。

（それとも、窓から逃げられるだろうか？）

君子の足音が、段々近づいてきた。

（殺される！）

　加代の目に、本棚が映った。君子は加代の部屋に入ってくるなり、いきなりパジャマに着替え、加代の寝ている布団に入ってきた。一枚の布団、その狭い空間に、君子は体を埋めた。

「慰謝料なんてどうでもいいの。あんたの方が私には大事だ」

（何を言っているのか？　この人は）

加代がまじまじと君子の顔を見ると、月の明かりで緑がかっていた。

「でも、絶対にお金も取る」

（結局金じゃないか。ハッキリ言えばいいのに）

加代は、君子に背を向けた。

（トイレに行くふりをして逃げ出そうか？　でも夜だなあ。朝を待とう）

そんなことを思いながら、加代は落ち着かない一夜を過ごした。

目を覚ますと、洗濯をする父の動く音、どしどしと階段を上る音が聞こえた。君子は寝ているのかどうかわからなかったが、隣で静かに呼吸をしていた。

（今、何時だろう？）

加代がそう思いながら目をつむっていると、いつの間にか君子が起きだし、階下に下りていった。何かあったらしく、慌てたような足音が聞こえた。君子の叫び声に誘われ、よろよろと階段を下りると、

「お父さんがいないのよ！」

と、慌てふためく君子がいた。父はどうやら、会社に行ったようだった。

(相変わらずだな)

君子は、父を迎えに行くといって、準備を始めた。

(今のうちに逃げよう)

加代はタクシーを呼んだ。

君子の車が発進するとき、ちょうどタクシーが来た。

(なんというタイミングなのか)

加代は準備していたバッグを持ち、タクシーに乗ろうとしたが、鬼のような表情の君子が現れた。そして、加代を車に引きずり込んだ。車は急発進し、不規則に走り続けた。

「信号も止まらないからね。あんたが逃げ出すかもしれないから」

車のマスコットは、今にも天井とぶつかりそうだった。次々と変わる景色の先は、実家

からそれほど遠くない、姉夫婦の家だった。加代は悟った。

(今は抵抗しても無駄だ。運命に任せよう)

姉夫婦の家に着いた途端、君子は高い声で、

「加代の様子がおかしい。見張ってろ」

と叫んだ。白いまなざしで義兄、努は加代を凝視した。

「これで縛っといて」

君子は努にチェーンを投げつけた。


時間の経過と共に、昨夜来のことが朧気ながらわかってきた。病室で我に返ると、注射の痛みを左の静脈に感じた。注射針の跡をさすっていると、断片的であるがはっきりと記憶がよみがえってきた。

(篠沢がやっている中華そば屋でアルバイトをしながら、恵子の家庭教師をしていたんだ、私は)

「あんた、私に言ってないこと、あんだろ」

加代は、男のように下品な君子の言い回しが、幼少の頃から嫌いだった。君子は、佐賀の片田舎に生まれた。貧農の子沢山家庭で、十二人兄弟の下から二番目であった。親同士も再婚だったため生活は苦しく、君子はやっとのことで高等学校へ行かせてもらった。学校を出るとすぐ、家計を助けるために名古屋の織物工場に、集団就職した。金さえあれば、君子はもっと勉強したかった。そんな思いが、加代の大学入学と同時に噴出した。

君子は、まるで自分の夢が叶ったように、加代の入学式を近所に得意気に言いふらした。加代が高校で首席であったときもそうだった。こんな母親の、傲慢で思いやりのない態度が、加代の最も嫌うところであった。加代はそんな君子が恥ずかしく、外に出るのがいやになったことさえあった。何度やめるよう頼んでも、君子は全く聞く耳を持たなかった。抑えきれない怒りが、加代の中にこみ上げた。

そんな君子であったから、父親との生活もうまくいくはずはなかった。君子は父親の悪口を言っては、不満を解消していた。そんな君子に付き合っている父親も、その不満のはけ口のために酒を飲み、姉を蹴り飛ばした。また、何気なく太股を触り、にっこり笑っていたこともあった。姉は、五十歳を過ぎた男のいやらしさを感じ、背筋が寒くなった。

加代はそんな姉を見ているうち、

「この家を早く出なくては。皆、狂っている」

と恐怖を抱いていった。姉も加代と同じように思ったのか、短大卒業後に逃げるように家を出て、やがて成人式を過ぎると身ごもった。


再びナースがやってきて、消灯のときを告げた。加代は、苦い薬を飲まされた後、左足の踝《くるぶし》に痛みを感じた。

(中学時代の器械体操部の古傷か?　いや、これは違う)

痛みを感じながらも、加代はまだ記憶の迷路を彷徨っていた。


「ここから逃げなくちゃ」

耳を澄ますと、隣の部屋で母と姉夫婦が話し込んでいるようだった。これからどう始末するかについてに違いないと、加代は思った。

「今しかない」

加代は、そーっとベランダに続く窓の鍵に手を伸ばした。鼓動で手が震え、心臓の音が高鳴った。鍵は何の音もたてずに開いた。右足からベランダに出ると、さっき君子に投げつけられたチェーンの跡がうずいた。再び、チェーンの痛みで覚醒させられた。加代が下を眺めると、白い物置が見えた。

「そうだ。あそこに飛び移って、下に降りよう。今だ」

加代はまるで時が止まったように、空間の中を駆け抜けた。何処まで行っても先のない、砂漠を走っているような気がした。一台の小さな黒い車が、正面から走ってきた。加代は必死になって車に手を振り、速度が緩まると助手席に転がり込んだ。車には、地図が敷き詰められていた。

「走ってー。助けて!」

加代は全身の力を振り絞って叫び、うずくまった。運転していた中年の男性が速度を上げた途端、二、三の黒い物体が前方に立ちはだかった。ひとつは助手席めがけ、もうひとつはボンネットにへばりついた。加代は、ただ必死に叫んでいた。車は前の物体を振り落として前進した。もうひとつ、障害があった。真ん中でボンと鈍い音が鳴り、車は止まった。加代はドアを開けて走ったが、後ろに引き戻された。そこには、傷ついた君子の夜叉顔があった。振り落とされた左頬に、血があふれ出ていた。滴る血を唇でなめていた君子の顔は、まるで三途の川の奪衣婆のようだった。

後に、車を運転していた田島と、偶然にも再会する機会を得た。これが人の世の宿命なのか。加代の両親に、今にも殴りつけられそうになりながらも田島は、

「どうされたんですか。大丈夫?」

と、必死で加代をかばってくれた。

「あんた、どうしてここがわかったんだ。名を名乗れ。この野郎」

父は、田島を怒鳴りつけた。

「私はたまたまここを通りかかっただけです。若い娘さんが血相変えて走ってきたら、誰でも助けるでしょう。お宅の娘さんなんですか?」

「嘘をつくな。おまえは連絡を受けて飛んできたんだろう。誰なんだよ。名を名乗れ」

「本当に知らないんですよ。ただ、お宅の娘さんが助けてくれって言うから走っただけです。失礼な人たちだ。大丈夫?」

田島はひどく憤慨し、再び加代を見た。

「この人は悪くない。知らない人だ。ただ通りかかっただけ」

それでも父は、聞く耳を持たなかった。やがて、どんどん人が集まってきた。加代は抱えられるように、精神病院に連れていかれた。

(もう逃げられないんだ、今度こそ殺される)

と、抜け殻のようになって思った。

(そうか、お父さんと努に連れてこられたんだ)

ここにきてやっと加代はすべての記憶を取り戻した。

辺りを見回すと、何も臭わない静かな空間が広がっていた。

「裁判までやるわよ。慰謝料を取ってやる」

加代の脳裏に、君子の言葉がよみがえってきた。

(ここから早く出なくちゃ)

加代は胸が苦しくなったので、必死になってナースを呼んだ。すると、隣の病室の人も、加代のためにナースを呼び始めた。

十回ぐらい呼んだだろうか、それでも返事がなかった。隣の人は、まだ呼び続けていた。

やがて、ナースがやってきた。

「なーに？」

「隣の人が呼んでます」

隣の病室の男が答えると、ナースが加代のところに歩み寄った。

「どうしましたか？」

ナースはおどけた表情をした。

「早く出たいんですけど……。私、もう大丈夫です」

ナースは一瞬考え、また言葉を発した。

「ちょっと待っててね」

意味深長なナースの言葉になかばあきらめ加代は眠ることにした。


しばしの眠りから目覚めた加代は窓越しに格子を見た。空はどんよりとしていて、空気は重たかった。

気だるい体をゆっくり起こすと、気の流れのない部屋に風が入ってきた。

「パタパタパタ……」

遠くで乾いたスリッパの音がした。

（あれは何だろう？　トイレに似てるけど、まさかトイレじゃないよね）

加代が目を凝らすと、目の前がかすんだ。

（眼鏡がない）

さらに目を細めてよく見ると、何かが見えた。

（和式のトイレだ。何だ、ここは？）

そこには、黒い染みが無数に付いた便器があった。

（何で、トイレがあるの？）

加代は不思議に思い、周りを見回すと、

（左は、窓か）

はめ込み式の分厚いガラス戸があった。左右に隙間が十センチほど開いていた。右には鉄の扉と、堅い鉄の差込錠があるのが目に入った。加代は、白い布団の上で胡座をかいた。

（水がほしい）

爛《ただ》れた口の中は唾液まで乾き、皮が、ぼろぼろと剥がれ落ちてきた。

（象の皮膚みたいで、ガサガサしている）

加代が人の気配を感じると、まもなく足音が聞こえてきた。

「すみません」

そう声をかけようとしたが、かすれて喉に痛みが走り、声にならなかった。そして加代は、猛烈な喉の渇きを覚えた。

(聞こえないのかな)

もう一度大きく呼びかけた。

「すいません」

今度は、腹に力を入れて繰り返した。

「すいませーん」

「ガチャ、キーン」

鈍い音がした。

「目が覚めたの?」

ボタンがはち切れそうな制服を着たナースが、窮屈そうにしゃがんで言った。

(大きい人だ)

「何?」

ナースは加代に耳を寄せた。加代は、蚊の泣くような声と、哀れみを込めて言った。

「水をくださーい」

「はい、お水ね」

蛇口から水を汲む音がしたので、

(えー。水道の水を飲ませるの？)

と、加代は一瞬戸惑ったが、渇きの方が先行していた。

「はい、どーぞ」

紙コップの水は、紙の臭いとカルキの臭いが入り交じっていた。ゴクゴク喉を鳴らしながら、加代はその水を一気に流し込んだ。

(うーん、うまい)

「もう、一杯」

「はい」

あまりおいしそうに飲み干すので、ナースは慌ててお代わりを取りにいった。そして、包みに入った薬を持ってきて言った。

「これも飲んでね。ついでにお熱も計りましょうね」

加代は何が起こっているのかわからなかったが、ナースの言うままに従った。薬と水を飲み終えると、ナースは立ち去った。すると、加代は便器の染みが気になりだした。近づいて目を凝らすと、もぞもぞと動いているものが目に入った。

（ぎゃー、虫だぁ）

それは、三角の羽を持った米粒大の黒い虫だった。群れを成しているひとつひとつの塊が、染みに見えていたのだった。その塊が、おまえは何だ、とでもいうように、加代を睨みつけた。すると突然、

「ドンドン」

と、激しく壁を打ちつける音がして、不気味な静寂を破った。

（頭のおかしいのが、いるんじゃないの？）

また眠気が加代を襲ってきた。

（さっき飲んだ薬のせいだ）

加代はまどろみの中で、安らいでいく自分を感じた。

陽がまぶしかった。気忙しく立ち回るナースたちの足音が、ざわめいていた。布団の傍

らのプレートに、冷たいパンと牛乳、そしてジャムが整然と置かれていた。

（牛乳、飲めないのよね。しょうがないや。でもなんで、蓋がついていない便器の前で食べなきゃならないの？　気持ち悪い）

加代はそう思いながらも、恐る恐るパンに手を伸ばした。一口齧ったがとても固く、それ以上食べられなかった。

しばらくすると、ナースが扉を重々しく開けて入ってきた。

「岩田さん、着替えましょう。サンダルも、私物に履き替えてね」

手渡されたのは、高校時代のネーム入りジャージだった。それらは、これからの長い入院生活を予感させるものだった。

（早く逃げ出さなくちゃ）

加代のスリッパには、見慣れた君子の字でネームが書いてあり、君子の意思を悟った。

すると突然、スリッパから声がした。

（長くそこにいろ！　反省して私の言うことを聞くなら、出してやる）

加代は、小さい頃絵本で読んだ、モンテ・クリスト伯の岩窟王を思い出した。

（母はまだ、私を閉じ込める気だ。私を幽閉して、その間に藤田に攻撃をしかけるんだ）

君子のたくらみが、加代に痛いほど伝わった。

「訴えてやるんだから。慰謝料も取るわよ！」

君子は藤田を、まるで娘を陵辱していたぶった中年男のように想像していた。君子の勝手な妄想が、彼女を夜叉にしていたのだった。

「はい、五百円。喉が渇いたら販売機があるから、これを使って飲んでね」

ナースから渡された硬貨は、やけに冷たかった。

目を刺されるような陽を感じたが、逆に体は軽くなっていた。ホルマリンの臭いが鼻をついた。調教師に従う、加代は猿になっていた。

（ここがナース詰め所か。私の檻の隣だな）

詰め所を過ぎるとソファーがあった。ロビーには、逃げ出せそうな出口はなかった。

「今日は、共同部屋へ行くからね」

ロビーの先には、らせん階段があった。ナースのきしむサンダルの後を、加代はついていった。案内された共同部屋には、十～二十人のうつろな目が鈍く光っていた。恐くなって加代が顔を背けた方向の茶色の台には、緑の電話があった。

（よし。これで、連絡が取れる）

加代の気持ちは高ぶり、思わず手をたたいた。電話機の向こうに詰め所があったので、お金を崩してもらいに行くと、何も疑うことなく五百円玉を百円玉に替えてくれた。加代は、人生でこのときほど百円玉がありがたいと思ったことはなかった。百円玉を固く握りしめ、加代は藤田に電話をした。

（出ない）

藤田は、週末は恵子のアトピー治療のため、伊豆で過ごしていたのだ。

（篠沢なら店をやっているから、電話に出るかもしれない……）

時計を見ると、ちょうど店の営業時間内だった。加代は受話器を押しつけるようにしていたが、心なしか手が震えていた。

「もしもし」

二回の呼び鈴で、すぐに篠沢が出た。始めは注文を取る声であった。

「毎度、天竜です」

元気な、透き通るように高い声だった。

「加代です」

高ぶる気持ちを抑え、加代は小声で話した。

「お願い、助けて。加代です」

「えっ、誰？　加代ちゃんか？」

篠沢は、藤田との離婚話に暴れた美香子を止め、なだめたり親身になって力を貸した人物である。人に頼まれると、いやとは言えない性格で、必ず藤田に連絡することを加代は知っていた。

「どうした？」

加代は長い説明ができなかったので、簡単に現状を伝えた。

「とにかく助けてよ。精神病院に入れられたの。私、親に騙されたのよ」

「なんだそりゃ。ひどいことするなぁ。必ず助かるから、そこから抜け出す方法を考えな」

その心強い返事に、加代は安心した。それは、藤田が語っているのと同じだったからだ。

（皆に迷惑かけられない。とにかく、自力で出なくちゃ）

加代は椅子に腰をかけ、脱出方法をゆっくり考えることにした。詰め所の日めくりは、土曜日を示していた。

（そうか、日曜日なら面会者が多くなる。よし、逃げ出すなら明日の昼だな。そのときしかない。ナースも配膳で忙しくなるし）

その夜は、連絡できた安堵から久しぶりに熟睡した。

翌日、配膳された昼食を前に、

「ここでは、食べたくないんです」

と、加代は抜け出すために、わざとうつろな目をして駄々をこねた。

「わかったわ。ロビーでいいわね」

（しめた。ロビーなら、階段に近いから抜け出せる）

小さい児を宥めすかせるように、ナースは加代に合わせてくれた。加代は、階段の脇にあるテーブルに案内された。

（十二時三十分、面会客がちらほらいるな。あれに紛れて出るか？　ナースが邪魔だなあ）

「醬油がないわねえ。ちょっと待ってて」

醬油を取りに、ナースが階下に行った。

（しめた！　今しかない）

加代は立ち上がって階段を駆け下りたが、突然向こうからナースが醬油差しを持って走ってきた。

（しまった！）

「あったわ。待たせてごめんね」

(脱走に気づかれなくてよかった。人の好いおばさんだ)

加代は再び席に着いた。ジャージが殊の外、暑かった。プレートの中には、冷たいカボチャの煮物があった。

(食べたくない。早く出なきゃ)

抜け出すことばかり考えていたので、食欲はなかった。

「バタンッ」

何処かで誰かが倒れるような音がした。慌てたナースたちは、一斉に患者を助けようと走り去っていった。そして、誰もいなくなった。

(今だ! 今しかない! 天が逃げろと与えてくれた、ワンチャンスだ!)

加代は慌てて風を切り、階段を駆け下りた。

(まっすぐ、まっすぐ。とにかく外に出なくちゃ)

気が急いて、もつれる脚が疎ましかった。

(なぜもっと、もっと早く、うーん、走れないんだ)

薬のせいか、脚がもつれてうまく走れなかった。

（お願い、誰も追っかけてこないで！　私を逃がして！）

加代の胸の鼓動はバクバクと高鳴ったが、ただまっすぐ、ひたすら前へ駆け抜けた。

（あっ、門だ。閉まっていたら、どうしよう。あそこなら、身ひとつで通り抜けられるのに。とにかく急ごう）

加代はひたすらゴールを目指す、マラソン選手になっていた。広い砂利の駐車場が見えた。後ろを振り返ったが、追っかけてくる人はいなかった。脚には、段々と力強さが戻ってきた。その先に、白いワゴンが止まっているのが見えた。

（車だぁ）

加代は、最後の力を振り絞って駆け寄った。加代には、その白いワゴンが十字軍の白馬のように見えていた。そこには、前の晩から待機していた篠沢がいた。

「加代さん、早く！」

加代は、車に転がり込んだ。篠沢は怪しまれないよう、工事作業員の格好をしていた。加代がどこから出てくるのかわからなかったので、病院の周りをあちこちと捜し回っていたのだ。

まるで犯罪者が逃亡するかのように、車は篠沢の店へ向かって急発進した。加代は追手を心配し、周りに見つからないように身をふせた。改めて自分の姿を見ると、高校で着ていたジャージにスリッパというういでたちであった。とにもかくにも急いで隔離するための、君子の仕業であった。加代は安心すると共に、緊張がほぐれたせいで眠気をもよおした。

朦朧とした加代の夢の中で、君子の鋭い罵声が飛んだ。

「あなた、何考えてんのよ。大学やめさせるからね。私は親子ほど年の違う男と一緒にさせるために、あなたを大学に行かせたんじゃないわ」

それは、君子の必死の哀願にも似た、半ば脅迫のような言葉だった。君子の少女時代と暗い青春時代を重ね合わせ、自分の人生を呪う言葉だったのかもしれない。

君子の罵声を聞きながら、加代はぼんやり、恵子の言葉を思い出していた——。

「お姉ちゃん、お母さんになって。妹がほしいよう」

両親の地獄絵のような離婚劇を見てきた恵子は、逞しく成長していた。それに比べ、美香子は久保田に騙されたと気づくと、藤田に助けを求めた。それが久保田にばれると、台所から包丁を持ち出して叫んだのだった。

「久保田をこれから殺しにいく」

そう、まるで動物が獲物を奪われたときの一種の切なさと怒りが、手の震えに現れていた。何とも言いようのない、うめき声で泣きしゃべる、醜悪な形相だった。それは、美香子の全人生の結果を証明していた。

大学二年の加代にとって、恵子に母と呼ばれ、藤田の妻になることは、脚が震えた。何かのドラマを見ている、そんな感覚すら覚えた。セピアカラーで脳裏に焼き付いている、

「お姉ちゃん、嫌なの？」

と言った、恵子のすがるような瞳が思い起こされた。それは、加代が小学生の頃、大好きだった先生に話をするときに似ていた。

(この子も愛に飢えている。母親は自堕落な生活をし、身勝手に子供を捨てた。恵子の心の中には、私がいるのか？)

加代は恵子に勉強を教えるうち、いつからか親に甘えるようにせがんだことを回想した。あるとき、

「花火をしよう」

と、どちらからともなく言いだした。風鈴の音が、二人の心を涼やかに和ませた。役目が終わった主従がやがて幕間に下がるように、その火は一瞬きらめき、散った。花火独特

の硝煙の臭いが鼻をついた。人の世の儚さか、今、私たちは硝煙のようなときを迎えていると、加代は思った。

加代は人生の岐路に立たされた。つまり、君子の仕打ちが加代の予想を超える行為であったため、自分の身の処し方がわからなくなっていたのだ。

(親という名を盾に、父と母は再び私を取り戻しにくるに違いない)

加代は、藤田に救いを求めた。

(今、決断しなければならないことなのか？　これほど重大なことを、自分一人では決められない。これからやりたいことは、いっぱいある。仕事をして、結婚はそれからゆっくりすればいい。他に人生の選択はないのか？)

さまざまな思いが走馬灯のように頭の中を駆け巡った。

「お姉ちゃん、線香花火ってきれいだね。いろんな形をして、最後は静かに終わるんだね」

この言葉に加代は、

(そう、人生も線香花火みたいだ。大きな打ち上げ花火も人を喜ばせてきれいだけど、短い線香花火にはたった二人の楽しみ方もある。打ち上げ花火より楽しいときがある)

と思った。恵子にとって加代の存在は、硝煙ではないか？　ぼんやりと白い霧がよぎった。

加代は心の中で、線香花火になる決心をしたのだった。君子の説得にも、心が頑として動かなかった。姉妹が小さかったとき、酒乱の父に虐待されている姉を君子は助けようとしなかった。そんな君子が、人の人生を決める裁判官にはなれない。この人はいつも、検事の目で攻める。君子の横柄な態度は、ますます加代の鼻をついた。

(そう、これは硝煙の臭いだ。君子も終わりのときを迎えつつあるのだ)

愛を感じないままの人々、仮面の家族が加代には虚しかった。舞踏会で道化師たちに踊らされている若い娘が、加代の眼の奥に映った。

突然、ひどい痛みが頬を打った。加代が話を聞いてないと悟ったのか、いきなり君子がビンタを食らわしたのだ。しかし、この出来事が、ますます加代の心を不動にした。

「線香花火のまま終わればいい」

加代は、君子を見据えた。何かを決断した、涼やかな目を最後に、夢から目覚めた。

篠沢の車は無事、店に着いた。途中で篠沢から連絡を受けていた藤田も、店にやってきていた。出された水を飲む加代に、藤田が言った。

「家出人捜索願が出されているよ」

加代は、藤田の言葉に再び凍り付いた。勿論、病院から抜け出したので、大変なことになっているとは想像していたが……。

（まだ、あの人たちは私の自由を奪うつもりなんだ。思い通りにならない私を、最後まで追い詰めるつもりなんだ。精神が錯乱しているわけでもないのに、精神病院に閉じ込めた人たちだから、次は何をするかわからない。事実、包丁をつきつけられたときは、本当に殺されると思ったし）

藤田と恵子に被害があってはならないと、加代は二人のことを慮っていた。

新たな旅立ち

山梨県のとあるバスターミナルにある、古びた旅籠と洒落た佇まいの喫茶店を経営するマスターが、加代と藤田の会話を聞きながら言った。

「現代にもあるんだね、そんなこと」

「無礼かもしれないが、片田舎のコーヒー店のマスターだと思っていたら早稲田の政経出で、奥さんも京都出身の才女だそうだ」

藤田が加代に言った。

(どおりで法律に詳しいわけだ)

「藤田さん、人身保護法があるじゃないですか」

藤田は、それに素早く反応した。藤田の家系も法律に詳しい方であった。加代は、

(助かるためにはこれしかない。家庭内の恥だが、親の暴力を訴えるしか方法がない。確

かに包丁をかざされ、チェーンで巻かれそうになったんだから)

と思いながらも、親を訴えることに逡巡した。

いつもは馴染みの常連で賑わっている店のはずなのに、このときばかりはひっそりしていた。恵子は、女性従業員と折り紙で遊んでいた。暫く静寂のときが流れた後、加代が決然と言い放った。

「そうです。物心ついてから、ずっと親の言いなりになってきたのは、暴力が怖かったから。お姉ちゃんが殴られたり蹴られたりしているのをそばで見ていて、私はそんなふうになりたくない、そればかり思ってた。でも、防ぐ方法がなかったんです」

ここで踏ん切りがついたとばかり、立て板に水と、加代は親について話しだした。

「オイオイ」

マスターの声に振り返ると、

「ここは、親に孝行しなさいという霊山なんだよ。親にも事情があるだろう。例えば教えたい躾とか。どの親でも、躾けたいと思えば感情的になることだってあるよ。僕だってときにはかっとすることがある」

哲学者のような風貌の、髭面が似合うマスターの柔和なまなざしが、木漏れ日の光と共に印象的だった。

三人は入籍をすませるため、藤田の本籍地の神戸へ向かった。

加代は、藤田に迷惑をかけて申し訳ないと思った。藤田は、

「親という名を盾にされている以上、この先は自分たちで解決するしかないよ」

と言って口をつぐんだ。たぶん、美香子と久保田のことを思い出したのだろう。家族のトラブルには関わりたくない様子だった。

加代は、実家の監禁や病院での恐怖と、拘束生活が続いていたので、自由のない苦痛がどんなものか、十分すぎるほど経験していた。そのとき、咄嗟に恵子との花火の会話を思い出していた。

恵子が突然言った。

「お姉ちゃん、お母さんになって。妹も産んでよ」

この言葉に、藤田は驚いた。

（恵子と加代の二人で、もうそんな話までしていたのか。冗談じゃない、そんなことをしたら世間に何と言われることか。二度も離婚したあげく、親子ほど年の違う若い娘を嫁に

するなんて……、そう言われるのが落ちだ）

藤田は、洋行帰りにしては珍しいほど古い感覚の、ありきたりな噂話を気にする中年の男になっていた。離婚のときに見せた美香子の醜態が、忘れられないようだった。久保田から救済する手段として、美香子と結婚した。藤田に対して、ときには母のように振る舞い、感情が高ぶると女になった。悲しみに打ちひしがれると、自分の子である恵子に対して友達になる。そんな人間模様が、少し滑稽に感じられる。そんな美香子も今は、君子と同じ四十七歳。何か因縁めいた、四十七歳同士の千々に乱れる女の半生を、加代はそこに見た。

「でも、仕方ないでしょう。ここで再び母が暴れたら、私どうしようもなくなるのよ。署に行く前に、けりをつけなくちゃ」

加代の、いつになく強気に言い放つ言葉に、藤田は半ばあきらめたように、

「恵子と君がそこまで話しているのなら」

と同意した。

（今はこの苦しみから抜け出す道はない）

藤田の本籍地が神戸なので、無理を重ねさせていた。恵子の学校の方にも、欠席届けを

出していた。

加代は、どんなに語り合おうとしても、君子は逆上して収まらないだろう、と思った。高校生の頃、君子が学校に電話を入れたことを思い出した。一年の二学期、校庭の銀杏の葉が、色づく頃だった。

「帰りが遅いじゃないですか。何かあったら、責任とってくれるんですか?」

そんな、なんでもないことにまで不平を言う人だから、大学に電話をしていることは容易に推察できた。そんなことを思い浮かべながら、加代は白い冠のような頂の山を見た。

「ああ、富士山だ」

新幹線がゴオッと音を立てて擦れ違うたび、恵子は満面に笑みを浮かべた。新幹線に乗ったことが相当嬉しかったようで、擦れ違うスピードが気に入っていたようだった。

「お姉ちゃん、速いよねぇ」

(将来、運転免許を取ったとき、スピード狂にならなきゃいいな。せっかちな私より慎重な性格だから、ハンドルを握れば安全運転するだろう)

「同級生に言うんだ」

恵子はそう言って、平日の昼下がりの乗客まばらな車内を、何度も何度も行ったり来たりしてはしゃいでは、学友の話ばかりしていた。それが、加代の張りつめていた気持ちを、少し楽にさせていた。

藤田は、急死した友人、正夫の墓参りにも行くつもりだった。医者であった正夫は、医者の不養生といおうか、咽頭がんで亡くなった。あっけないその死の間際に、親友であった藤田に何度も連絡をしたそうだ。しかし、藤田は離婚のどさくさもあり、連絡がとれなかったのだった。藤田は正夫の早すぎる死に対し、

「亡き夫の遺言です。一周忌には御前崎に散骨するよう、言われています」

と言う、喪主の京子の言葉に、ただ呆然とするしかなかった。

「マーのやつ、早く死におって。俺の方が先に行くから……、って言ってたのになぁ」

藤田は、正夫と整備された進駐軍の白いキャンプ場の傍で語り合ったことや、空襲で一本だけ焼け残ったポプラの大きな木のある公園で遊んでいた日々を、昨日の出来事のように語った。

「正夫の父は軍医上がりで、実家は神戸の中心地にあった。近くには有名な遊廓があり、戦後、華やかな頃は、娼妓たちが入り易いよう入り口を狭くして、外から見えないような工夫がされていた。父親は細菌学にうるさい、厳格な人だったが、丸顔の温厚な性病科の

医者だった。病院の看板には、戦後の命の尊さが込められていた」

藤田の父親誠一は、明治生まれの最後の人であった。戦前は貿易商を営み、戦後は二人の通う小学校の前で料理屋をしていた。復興の名の下に、近所の人に推されて市会議員になった。将来を見据えた、そんな育ちのよさが、二人を結びつけていた。

「正夫と俺は私立の進学校に通っていた。中学一年のとき、学校行事の一環で伊勢の二見浦の一万メートル遠泳に参加し、正夫は泳ぎ切った。前日の遠泳試験で合格しなかった俺は大会当日、担任の先生に無理言って参加させてもらった。伊勢湾の二見浦に夫婦岩があり、三十メートル前方には興玉神石があった……」

説明の最中、藤田は突然叫んだ。

「そうだ、夫婦でお参りに行かなかったから、こんなに別れなきゃならんのだ」

離婚を神のせいにしたのだった。そしてまた、話は続いた。

「夏の蝉時雨の寂しい朝、出発から百人近くが泳ぎ始める。白い灯台を過ぎて帰るコースが設定され、特に帰りは必死にかくんだけど、潮も逆流するので辛い。遠くに見える、灯台近くの松並の一本一本の間隔が縮まらなくてなあ。伴走の船から上級生が先生と共に太鼓を打ちならして励ます。しかし、鮫は音に敏感だからすぐ集まってくる。そんな理由と脱落する者を救助するための船もあった。ちょうど苦しい帰りのコースに入ると、灯台から真反対の揺れた船の上から聞き慣れた声で、『よっちゃん、上がれ。うまい汁粉があるぞ』って、お椀の小豆をさもおいしそうにすすりながらマーが誘うんだよ。上がりたかったけど、先生に無理を言って出場しているんだから、最後まで完泳しなくちゃって泳いだ。あのとき、本当に初めて義理と人情の板挟みにあった」

藤田が大げさなジェスチャーを交えて話す頃には、尾崎士郎の『人生劇場』のモデルとなった、三河を過ぎていた。

「辛いんだよ、必死にかくんだけど」

藤田は平泳ぎを身振り手振りで説明し、遠い少年時代を追想していた。

「それはクラス対抗の意味もあって、脱落した半分くらいの生徒たちは、満杯になった船の上からおもしろおかしく誘うんだ。餅がうまいぞ、早く上がってこい、ってね。段々興ずるに従って、誰かが突然前方から、鮫が出たと脅かす。慌てたやつの白い六尺ふんどしが、前から二、三本流れてくるんだ」

この頃になると疲れてきて、藤田が冗談を言っているのかどうかわからなかった。

「船の上から大声で、『女学生が迎えにきてるぞ』と言われるんだけど、出迎えと聞かされてすっぽんぽんを見られたくないから、泣きながら上がるやつもいてさあ」

藤田の口調が少年時代を思わせた。

「とにかくきついのは、ゴールが目の前に見えるんだけど、時間がまだ早いとかで、ぐるぐる浜を周回させられること。これがたまらないんだ。七、八人は完泳直前に脱落する。あと少しなのになあ。この頃になると、夕日を受けて口も塩っ辛くて、お互いにがんばれよ、と声もかけられなくなって、自分でも何をしてるのかわからなくなってくる。ようやくホイッスルの音で上がるのだが、今度は亀のようになって動けない。早く上がったマー坊が寄ってきて、ようやく立ち上がる始末だけど。よかったよ、先生との約束を果たせて」

そう語る藤田の顔は、窓に差し込む陽のせいか、赤く頬を輝かせた少年のようだった。まだ信じられない、という顔をして、

「あいつが先に行くとはなあ」

と、低くつぶやいた。こんな律義な藤田が、どうして自堕落な美香子と一緒になったのか不思議に思った加代の問いかけに、我に返ったように、

「窮鳥懐に入れば、だよ」

と、返した。藤田の時代がかった台詞に、一瞬、加代は戸惑った。

たぶん藤田は、戸籍係のところへ行くのが恥ずかしかったのだろう。新幹線の中では到着するまで、世の無常を嘆いていた。やっとの思いで区役所に着くと、わざわざ市民課長が出迎え、広い個室に通された。加代は、何かと煩わしい、慣れない事務上の処理を、藤田のために手際よく済ませた。二度の離婚とあって、藤田は戸籍抄本を取るのが恥ずかしそうだった。

（やっぱり男は、世間体を気にするんだな）

加代がそう思っていたとき、課長が、

「お嬢さん、二人でしたか？」

と尋ねてきた。そんなたわいのない世間話の中にも、藤田の立場を慮る、課長の様子が見て取れた。藤田は、そんな問いかけにも気づかれないよう、曖昧な返事をしていた。

（やけにたばこを吸う人だなあ。来てからもう、五本目ぐらいかな）

加代が、半分に折れたたばこの吸い殻を二本、三本と数えていると、担当の戸籍係から、

「奥様のご職業は？」

と聞かれた。思わず赤面した藤田の顔に心の動揺が表れたが、

「学生の場合はどうなるの？」

と、逆に藤田が問いかけた。そんなやり取りが続き、お茶のお代わりも増え、たばこの吸い殻は七本になっていた。女子事務員がお茶を下げながら、ちらっと加代の方を見た。その目は、

（あなたが？）

と語っているようだった。加代は、そう感じた。

「さて、これからが大変だぞ」

藤田は帰りのタクシーの中で、瞑想するように言った。この先の、羅針盤のない人生行路と、加代に対する、あるいは恵子に対する将来への思いを巡らせていたのかもしれない。


三人の生活は、ようやく落ち着きを取り戻した。

恵子のアトピー治療で、伊豆へ行った、その帰りに、平成八年に建て直された比較的新しい七百十メートルの宇佐美トンネルを抜けると、すすけた石ヶ沢トンネルがあった。暗

いオレンジの灯を背景に二キロほど行くと、緑町のバス停がポツリと立っていた。鋭角に近いカーブに沿って少し膨らんだ道に、ムクデン満鉄ホテルの看板が見えた。

「ムクデン満鉄ホテル?」

加代は、そう口にして、

(ムクデン、何だろう?)

と思った。

「満鉄かぁ。ちょっと入ってみるか」

この、ムクデンと満鉄が藤田の興味をそそったようだった。藤田はすーっと滑らかに車を止めた。藤田の運転はいつも静かだった。目の前のムクデン満鉄ホテルは大正時代の様式で、白い建物だった。恵子が、

「お姉ちゃん、仏様が書いてあるよ」

と言った。加代が振り返ると、六メートルはあるであろう、優しい行基菩薩と二体の脇仏が、壁のコンクリート一面に描かれていた。横には汪兆銘、チャンドラ・ボースと、見覚えのある名がつらなっていた。

(うわっ、受験で覚えたなぁ。何だっけ?)

加代は、嫌々覚えた灰色の受験勉強の日々を、面倒くさそうに思い出していた。

（確か、中国とインドだよね。間違ってないよねぇ）

加代は、間違えることに嫌悪感を持っていたのだった。

（これが受験病というものか。片方は、正式にはスバス・チャンドラ・ボース。イギリスに学び、インドの独立を求めて戦った志士の一人で、ガンジーやネールと違って活動は過激だったんだよね。やっぱり覚えてたか）

壁には、他の人名も記されていた。道路側に突き出さんばかりに、十三メートルもの六角形の白い塔があった。そこには、奉天忠霊塔と書かれていた。

「満鉄ホテルかぁ」

藤田は満鉄に懐かしさを覚え、疾走するアジア号の写真を思い出していた。

「アジア号は走っていたんだよ。満州の広いところを」

藤田が話し始めた途端、加代が自分も知っているといわんばかりに、

「特急アジア号ですね。当時は世界一だったんですよね」

と言った。藤田は不機嫌そうに相槌を打って、さも俺の方が詳しいとばかりに続けた。

「広い大きな満州を最高時速百五十キロメートル、普段は百三十キロメートルで走ったん

だ。平均では八十キロメートルだった。ちょうど、高速道路を走るスピードさ」

藤田は、恵子にもわかるように話した。

「新京と大連、二つの街の間を、そうだなぁ、今の東京と岡山ぐらいの七百キロメートルを七時間半で走り抜けてたんだ。のぞみで三時間だろう。七十年前の技術力が、どれだけすごいか。これが基礎になって、新幹線もできたんだ。戦艦大和、知ってるだろう？」

恵子は、戦艦と聞いてもわからなかった。

「ヤマト？」

「大砲のついている大きな船のことだよ。海では大和が一番で、陸《おか》ではアジア号さ。どっちも世界一だったんだ」

七十年前と聞いて、恵子は言った。

「おばあさんになったら、何ができているんだろう。月に住めるかなあ。住めたら私、ロケットの運転士になりたい」

恵子の想像力が愉快だった。加代はこのとき、ペンシルほどのロケットから開発をスタートさせた、種子島のＨ２Ａロケットの打ち上げを思い出していた。

（ヒトもモノも、絶え間なく続いていくんだ）

ホテルの玄関に、シャンデリアが見えた。

「ちょっと入ってみようよ」

藤田はそう言いながら、ドアのノブに手をかけた。ドアは〝カラン、カラァン〟と音を立てた。

「誰もいないみたい。営業しているのかなあ」

人気のないロビーを見回し、加代が呟いた。電気は点いていて、テレビの音がした。ホールに丸いテーブルがあり、何気なく白地に黄文字のパンフレットが置かれていた。そこには、一九四五年以前のヤマトホテルと大広場のイラストが描かれ、

「ムクデンは満州語で栄える都のこと。ムクデン（地名）は世界に通用、奉天も満州俗語」

と注釈が書かれていた。

〝ガチャ〟奥のドアが開いて、眼鏡をずらしながら支配人らしき人が出てきた。

「お客さんかね？」

「いえ、ちょっと珍しかったんで、見学してました」

藤田が答えた。

「ここは、どういう建物ですか？」

支配人は久しぶりに尋ねられたらしく、嬉しそうに故事来歴を語り始めた。

「奉天にあった加茂小学校の有志が昔を懐かしんで、街の中心大広場にあったヤマトホテルを模して建てたんですよ。規模は、そうだねぇ、日比谷の帝国ホテルぐらいかなぁ」

(帝国ホテル?)

あまりの大きさの違いに、加代はタイタニック号と救命ボートを連想した。それは、旭日の日本と戦後の姿を強調していた。

奥のテレビでは、サンフランシスコ講和会議五十周年式典の模様が流れていた。戦争記念オペラハウスからの中継で、父親似の越後訛が評判だった女性のスピーチだった。

「いつまで、日本は頭下げなくちゃならないのかねぇ。満州では、みーんな仲良くやってたんだ。鉄道も建物も、泥棒が宝を置いていったとでも思ってるのかねぇ。ぜーんぶ、ただでぶん捕られて、その上賠償かぁ。関東軍さえがんばってくれてたらよぅ」

何が何だかさっぱりわからない恵子は目を丸くして、退屈そうに支配人に合わせていた。

ムクデン。日本と亜細亜が、持てる渾身の力を込めて、男たちが興した桃源郷。加代には、奉天がシルクロードの砂の街に見えていた。

支配人のしわがれた声で、朗々と吟ずる、

「金と——銀と——の——月の砂漠を——」

は昔からのもので、それは、塔の方から聞こえていた。

三人は、ムクデン満鉄ホテルの隣にある長谷寺に立ち寄るのが好きだった。網代長谷観音、と石に刻まれた標注を入っていくと、山門があった。参詣者のためのコンクリートで整備された坂を上ると、孟宗竹に覆われた静寂があった。恵子のアトピー治療の帰路、ここに立ち寄るのが常だった。

（大人、三人ぐらいでやっと囲めるかなぁ）

太い幹がどかっと構えていた。幹の隙間から見える亀の形をした池には、悠々と鯉が泳いでいた。本堂横に、お堂を守りながら暮らす、老夫婦の住まいがあった。小綺麗にされている庭に、一年中花が咲き乱れていた。

（こんなところで暮らせたらいいなぁ）

加代の頭には、浮き世から離れ、花の手入れをしながら、落ち着いて暮らす光景が浮かんでいた。屋根の獅子が、

「魔物は寄せ付けないぞ」

と睨み付け、参詣者に安堵を与えていた。

三人は、老夫婦とお茶を飲むことが一番の楽しみになっていた。特に夫人の、

「ナンスカ、ソレー？」

と、訛のある抑揚の交じった話し方が、その場を和ませていた。

和んだ雰囲気の中、加代は今書いている小説のことを考えていた。加代が小説を書こうとしたのは、来春の大学院進学をどうするか、切実な問題があったからだった。加代は藤田に、大学院までの学費を負担させたくなかった。それでなくても、藤田は離婚のことで経済も気力も相当萎えているのがわかっていた。大学時代に投稿した原稿の評価を学長より受けていた加代は、思いきって出版社へ原稿を送ってみた。俗物になっていくとわかりながら、

（観音様にすがるしかない）

そんな思いが胸を締め付けた。

「私、願いがあるんですけど」

夫人は、快く言った。

「お堂に持ち上げ地蔵が祀ってあるの。持ち上げながらお願いすると、叶えてくださるのよ」

加代は藁にもすがる思いで、地蔵を持ち上げた。

「えいっ！」

（うーん、もう少し。もう少し、ふんばれ！）

やっとの思いで、お地蔵様が持ち上がった。加代は、二つの願い事をした。家族の健康と原稿のことだった。持ち上げ地蔵には、天保二年、と刻まれていた。お顔は、賭事にきく、と参詣者が削っていくものだから、ほとんど形らしいものはない。

（しかし、葛飾北斎の富嶽三十六景が描かれた年、そう百七十年間も人々の願いを聞いてくださっているのに、心ない者が罰当たりに削っていくとは許せない。それでもお地蔵様は、人間はしょうがない、と許されているんだろうな）

加代はそんなことを思い、皆の分をお詫びしながら大切に置いた。

「やー、よく持ち上げたねぇ」

血管の浮き出た主人が、お茶を運んできた。

「まあ、ゆっくりして」

差し出されたお茶には温もりがあった。

「おばちゃん、これ何ていうお花？」

恵子は庭に出て、花の名前を尋ねていた。藤田は、今では使われなくなった灯台を指して、主人にいわれを尋ねた。

「あの小さな灯台は?」

「あれはね、昭和八年に今上天皇陛下ご誕生を祝して、村の若い衆が海から石を積み上げてこさえたんですよ。その頃は、結構この辺りも暗くて。小さかったけど、役に立っていたんですよ。港から鯖や鰹舟が来たんです。鯖や鰹を市場にあげた後、必要だからって網主の漁師が獲る鰯なんかを生き餌に持って帰ったんですよ。熱海から嫁に来るのも、海から来てたんですよ」

主人は、藤田のなくなりかけたお茶を、少しずつ注ぎ足した。

「そんなときだったから、漁師が豊漁と安全を祈って、よく来てたんですよ」

加代は続けた。

「だから、このお寺も新しくなっているんだ」

「いや、違うんだよ。この仏様のお力というか、上のマンションを建てるんで、ここに下水を通してくれたんだ。ついては寺を新しくするというんで。本当に助かった」

「若者が、全部やってくれたんだ」

二杯目のお茶も飲み終わり、

「さあ、そろそろ」

と言うと、夫人が入ってきて言った。

「お花、持って帰って」

入り口に、花束が置かれていた。加代が眺めた小さな灯台は、藤田とだぶって見えた。

（いつも、灯りをかざしているのに、誰も気づかない）

「この頃は、感謝できない人が多くって」

そう嘆く夫人の言葉に、加代は頷いていた。


伊豆から戻り、名残の赤銅色に日焼けをした恵子が郵便を取りにいくと、雑多な手紙類の中に差出人のない一通の封書を見つけた。

「お父さん、何も書いてないよ」

藤田が確かめると、中央郵便局の消印があった。それは、家庭裁判所からの呼び出し状だった。『離婚後調整』と記され、申立人の欄に美香子の名があった。藤田は、胸が締め付けられる思いがした。

(嘘も許し、乱暴狼籍にも耐え、美香子自身も納得する解決で譲歩したというのに、一体これはどうしたことか。まだ不満なのか)

藤田の優しさが途絶えたとき、女の情が情念に変わったのだった。

「もう、くれないならこうしてやる」

どこかで聞いた台詞だった。四十七歳の二人の女に共通することは、拝金主義。高度経済成長と、美香子と君子の成長の背景が、妙に重なっていた。

「金さえあれば。金が、万能の世の中だ。人の心も買える」

世の中全体が、拝金主義の雰囲気を醸成した。

まだ残暑が厳しい新学期の初日、災害時の子供たちの引き取り訓練があった。校庭では、向日葵が子供たちを眺めていた。

「お母さん、おかあさーん、ここだよ、こっち」

(えっ、私のこと?)

加代は一瞬戸惑った。聞こえよがしに大声で呼ぶ恵子の声に、先妻を知る父母たちが、不思議な目を加代に向けていた。手を振ってくる恵子の姿に、加代は笑顔で答えた。

群青の空に、入道雲の白さが目立つ日だった。山のような洗濯物を前に、加代は大きく深呼吸した。

(さあ、取りかかろう)

そう思った瞬間、けたたましいケトルの笛の音がしたので、急いで台所に向かった。

ニューヨークがテロ攻撃にさらされ、世界に衝撃を与えていた。

「第二のパールハーバー」

CNNのアナウンサーが伝えていた。株はとうとう一万円台を割り込んだ。

「これは、戦争だ。平和を守るために戦う」

ブッシュ大統領が声明を出した。

(全ては当たり前ではなく、勝ち取るものなのだ。自由の国、アメリカ。そうだ、私もあのとき自由を求めて戦ったんだ。あれは、家庭内戦争だった)

自由を勝ち取るとは、大変なことだ。わずかな間ではあったが、加代は人間としての尊厳を守る自由、それを奪われたときの筆舌に尽くしがたい苦痛を経験した。

(人から自由を奪う、あの奪衣婆たちは、どうしてああなってしまったのか?)

美香子と君子の家庭に共通することは、団欒がなかったことだ。それは、丸い卓袱台から四角いテーブルに変わり、共働きが増え、癒しの場が消えていったからではないか？

（卓袱台は、人の心を和ませる。ちょっと斜めの方向に、互いに向き合って語り合える。気づけば横並び一列になっていて、ある程度の距離が調和と安心感を与える。少し刺々しい会話でも、和むのはそのせいか）

加代は、卓袱台文化に日本人の知恵を見た。

（そうだ。私は、卓袱台のように丸く、心和む団欒を築き上げていこう）

しかし、学生である加代は悩んでいた。結婚と勉強の狭間にこれほど苦しめられるとは、思ってもみなかったからだ。掃除、洗濯はまあまあだったが、料理となると憂鬱だった。毎日のレシピに悪戦苦闘していた。そんな加代に、藤田は料理を教えてくれた。藤田は若い頃、母に習ったのだった。

「男子、厨房に入るべからず」

そう言いながらも、味見をしながら手伝ってくれた。

君子も共働きのせいであまり料理に熱心ではなく、スーパーのお総菜で毎日を誤魔化していた。その頃の加代は、勉強さえしていればよかった。そんな日々を悔やんでみたが、やるしかなかった。

卒論も間近になり、

（いろいろな本も読みたい。両立させる方法を早く考えなくちゃ）

と焦り、思い切って生活習慣を変えてみた。今までは、家族に迷惑がかからない深夜に勉強していたのを、九時に就寝して早朝四時に起き、勉強と炊事をすることにした。幸い、大学の単位は三年までに履修されていたので、週二回程度の通学で済んだ。

（ここでペンを折ってはならない）

加代は自分にそう言い聞かせて机に向かったが、眠気が否応なく襲ってきた。しかし家族の協力もあって、加代は徐々に自分なりのペースを作り上げていった。予備校講師のアルバイトも決まった。

（家族の絆って、小さいことから繋がっていくんだ）

日常の生活の中から、絆の大事さ、維持することの大切さを学んだ。信頼し合い、助け合うことの意味を知った。

相変わらず辛口の、恵子の料理批評を参考に、鍋と睨めっこしている加代が台所にいた。卓袱台が家族をひとつにしていた。

愛は勇気を与え、迸《ほとばし》る情熱は、創造力を高める。慈悲は、人が人たる証である。故に、人は自由に憧れ、平和の尊さを知る。世界には、自由を奪われた囚われ人が沢山いる。自由を奪われると恐怖で身が固くなり、人はケモノになる。想像力は、神が人に与えた唯一の武器である。英知は、自由がある限り無限の可能性を秘め、文明を豊かにし、文化を創造する。

加代の体験したさまざまな家族の崩壊は、やがて新しい創造の下に立ち上がっていく。卒論を前に、自由を守るためにロースクールに学ぼうと、加代は固く決意したのだった。

その年の師走、藤田は加代と恵子を伴って、今は誰も住むことなく廃屋となった、かつ子の終焉の地を訪ねた。藤田はかつ子がまだ元気だった頃、はらはらと落ちる裏山の笹を集めてはよく焼いていた、優しい母の姿を思い出した。

「お芋が焼けたよ」

空耳なのか、かつ子の声が聞こえた気がした。

〔完〕

著者プロフィール
速水 一帆（はやみ かずほ）
1979年 9 月21日、東京都に生まれる。
2002年、日本女子大学卒業。現在、東京農工大学大学院在学中。

蛍の夜

2003年4月15日　初版第１刷発行

著　者　速水 一帆
発行者　瓜谷 綱延
発行所　株式会社文芸社
〒160-0022 東京都新宿区新宿1－10－1
電話 03-5369-3060（編集）
03-5369-2299（販売）
振替 00190-8-728265

印刷所　株式会社ユニックス

ISBN4-8355-5267-9 C0093